文訊叢刊⑤

比翼雙飛

（23對文學夫妻）

封德屏 編

文學是夫妻相知的好橋樑(序)

■曾昭旭

長久以來(至少有幾千年了罷!)女性都是身爲男人的附屬。不但要以夫爲綱，以男人爲頭；甚至夫死還得從子。不但在生活上得依附一個男人，才能取得立足社會的名分，接上維持生存的社會支援系統；甚至在終生辛勞之後，都還不能讓自己的名字出現在家譜之中，得到價值層面的肯定。眞似乎女人的存在，只如動物僅具食色的本能；她的價值，也只如朝露僅有片刻的輝光。這在今日看來，自然是不合理的。

當然，若以歷史發展的眼光看，我們可以對這不合理的過去有充分的同情與了解。因爲絕對、全面的眞理，落到現實人間，也只能逐步實現。人由渾渾噩噩的動物充分進化爲自覺而有尊嚴的人，在最早的時代，也只有極少數的貴族有此機緣與幸運(當然，榮耀同時也就是責任)。直到孔子的時代，這人心自覺、人格修養的機會才首度從貴族向平民普遍開放。這或許可以說是人類文化發展史上的一次劃時代大事。然而，這所謂向平民普遍開放的平民，是不包括女性的，女性的生命依然如沉睡中的美人，除非幸運遇到一位王子之吻，她仍無能自己醒覺。

這要到了近世，才有又一度劃時代大事的發生，那就是女性的啟蒙與自覺。她們開始要掙脫附屬者的身分，從深閨現身於街頭，並使用她們自己的名字獨立作業。這不但在就學、就業上如此，在從商、從政上如此，在男女社交、夫妻婚配上也要如此。這才眞正有了「男女平等」的一番辛苦溝通與奮鬥。

我把男女社交、夫妻婚配在程度上放在最後是有理由的。原來在其他種種領域，男尊女卑的心態與固習還比較容易消除，却是在交友結婚上最難。乃是因爲在其他種種領域，都有相當客觀明確的規範與標準，可資判定一個人能力貢獻的高下優劣，而有效証明了女未必不如男。例如學業成績（你只好承認不如北一女）、學術發明（你不得不敬佩吳健雄）、事業經營（你能藐視吳舜文？）、政治成就（郭婉容當部長去了，你呢？）等等。但就在撇開一切客觀條件的生命心靈之交往上，人便除了自我別無憑藉了。這便踫到人生命最內層最內層的核心，在這裏要男人徹底放下男性的優越感是很難的，要女人充分自覺、毅然放棄對男性的依賴也是很難的，換言之要充分實現男女平等很難很難。這並不能只靠做一點形式上的象徵男女平等的「動作」以取悅潮流便行的；還要靠在理想上、觀念上眞正相信衆生平等、人皆可以爲堯舜。而且，也並不是僅秉持這樣的觀念、信念就夠的；還要誠懇面對自己生命中早已積累了幾千年的老習氣，一點一滴去化解才行。這才是眞正的由衷，眞正的誠。但依我看，人當隔著一個安全距離的時候，說些漂亮的話頭、表達些高貴的理想是容易的，甚至也眞以爲自己做得到；但眞到了面對面坦誠相待的時候，却極少人在男女之間能正視彼此生命的原始幽闇，謀求積極的融通化解。多年也只是順著故習，得過且過罷了！

換言之，活在今天這個標榜男女平等的開放社會，大多數的婚姻狀況、男女關係本質上却仍然是非常古老的。表面上夫妻各有名字、各有成就，骨子裏依舊是男尊女卑。在生命的深處，男女夫妻間是十分缺乏接觸，而溝通極度不良的。但沉溺在生命底層的觀念渣滓，只有靠理性之光，眞誠地互相照射，靠無私之愛，耐心地彼此溝通，才可能逐漸澄清。這便見得在夫妻相處上，經常做生命心靈的對話以探索人性、反芻舊情，期能豁然貫通，湧發生命相屬的歡愉，是如何要緊且貴重的事了。眞的，你若眞愛對方，你能不徹底視對方爲一獨立有尊嚴的人嗎？你又能不自勉於充分獨立以與對方相配嗎？「一陰一陽之謂道」，那裏是說男陽女陰？根本是男女都屬陰陽合體，而須藉賴彼此相攜共勉的辨證歷程以共成完璧的罷了！

而在各種有助於人與人心靈相通的媒介管道中，文學無疑是最恰當便捷的一種。乃因文學藝術的本質，便在抉發人性之精微。他最能自然踫觸到人心中最柔軟最隱蔽的部分，而啟發出人對這一部分幽微的自覺與同情。也藉著生命幽微部分的相互踫觸，促進彼此的共鳴相知。

至於人性幽微中的最幽微，恐怕就是男女之情罷！乃因別的事物，從科學到政治，都早已經過數千年有心人的開發，而多少彰明於世了。卻唯獨男女之情，到今日依然不能分析，無限玄秘，而僅有藉著文學藝術的感性力量，激發出人生命內在的眞誠，才能踫觸指點一二。

我當然不是以爲男女之情的奧秘是完全不能以理性解明的，但在理性解明以前，感性的探索與捕捉是必要的步驟罷！所以，在今日夫妻而願眞誠相通，文學藝術應該是必由之路。男女夫妻如果在此有共同的興趣，那麼藉著共同閱讀一篇小說，觀賞一部電影，將可以引發多少人生眞相與彼此感情的討論！而如若不止是欣賞，且更沉心去創作，那麼搜索的觸鬚自應伸探得更深，品味的心靈自應咀嚼得更細罷！

這於是成就了可欣賞可敬愛的文學夫妻。藉著文學，他們有望率先實現了男女平等的理想，開拓出夫妻一體的新貌。我們也才了解，爲什麼比翼雙飛的，畢竟以文學夫妻最可羨可賞。

眞的，文學藝術家向來是時代訊息的先知，未來理想的試驗。他們之中，容或有許多人顛狂放佚，但的確閃耀著若干淸新的希望。

當然，話還是得說回來，這人類文化史上又一度劃時代的大事，不是一兩百年便能完成的。作爲先鋒的文學藝術家的生命，因此更經常充滿悲劇與苦難。在這本書上所介紹的二十三對文學夫妻，我們的確看到的並不純然是美麗的浪漫，隱藏在訪問者含蓄的筆法中的，毋寧有更多的艱難與辛苦、隔閡與矛盾、冒險與危機。這些明昧交錯的節奏與訊息，値得我們細心品味。

而如果我們夠細心，我們還可以在他們的身上，隱隱看到時代發展的脈絡。例如：就夫妻的省籍配合來看，早期以大陸男子娶台灣少女爲多，中期以夫妻均籍隸內地爲主，近期則盡是本省籍的少年夫妻。這是象徵著道之東傳海上，而蓬萊福地，經四十年提携，已生長爲一有道君子了嗎？又例如：早中期夫妻，歲數差別常在十歲上下，近期則漸趨平等。這又是否象徵男女平等，畢竟在長久溝通之後，已漸現端倪。

眞的，文學本來充滿意象與謎團，就看你如何解讀。其實不止文學如此，文學家也一樣，更何況文學家夫妻？我這篇序言，已經借題發揮，引申出如許多理想與現實的寓意了，諸位讀者秉其蕙質蘭心，想也可以讀出更多獨得之秘罷！

目錄

比翼雙飛

何凡／林海音

●**何凡**，本名夏承楹，民國前二年生，江蘇江寧人。北平師大外語系畢業，曾任北平世界日報、華北日報編輯，台北聯合報主筆，國語日報社社長，現任國語日報社發行人。著有散文集「不按牌理出牌」、「談言集」、「如此集」、「這般集」、「夜讀雜記」（上、下）等十餘冊，遊記「何凡遊記」，翻譯有「包可華專欄」（十二集）、「淘氣的阿丹」（十二集）、「小亨利」（三十三集）、「小飛俠潘彼德」等。

●**林海音**，本名林含英，原籍台灣苗栗，民國八年生於日本，長於北平。北平世界新專畢業，曾任北平世界日報編輯，國語日報編輯、聯合報主編，現任純文學出版社發行人。著有散文集「冬青樹」、「兩地」、「芸窗夜讀」、「剪影話文壇」、「家住書坊邊」、「一家之主」等，短篇小說「城南舊事」、「獨芯」等，長篇小說「曉雲」、「春風麗日」、兒童文學「蔡家老屋」、「不怕冷的企鵝」等。

比翼雙飛●2

下：夫婦倆在林海音七十歲壽宴上與遠居海外的兒孫輩合拍了這張難得的全家福照。

上右：民國三十八年，何凡、林海音及三個孩子祖焯、祖美、祖麗。

上左：民國二十八年五月十三日何凡、林海音在北平結婚。

上：何凡在玻璃墊上寫「玻璃墊上」。

下右：在這張書桌前，林海音工作了整整二十個年頭。

下左：夫婦倆酷愛旅行，圖為七十六年十二月赴香港所攝。

一對夫妻檔．兩種叫座文

■鍾麗慧

夫妻之間要有互相依賴的心情，這對夫婦的感情才能建立得更堅固……如果由夫婦的情感來說，丈夫是依賴著妻子的鼓勵和愛撫才能安心在外面工作，而妻子也依賴著丈夫的保護和溫存，才能安心的處理家庭。夫妻之間，彼此因了精神上的依賴而感覺到生活的安全。精神的依賴不同於物質的依賴，夫妻間要明白這一點，幸福也許不難追求了。

——摘自林海音「一家之主」「依賴」一文

●誰是一家之主

在這本甫出版的「一家之主」封底，有張夏承楹（何凡）、林海音伉儷的合影，作者林海音寫著這樣的「圖片說明」——「……就此配上一幅我和外子的夫婦合照，作為作者照片介紹，讓欣賞、喜愛本書的讀者，自己去思索誰是『一家之主』吧！」

誰是夏府的一家之主？的確令讀者十分好奇。因為這對文壇伉儷，縱橫新聞界、文壇、文化界和出版界逾半世紀，成績斐然，各領一壁江山。

夏先生說：「我是名義上的土皇帝，但是海音也可以『垂簾聽政』。」

林先生則說：「眞正的『女强人』要內外都强，而且要內外和諧。」

●「婚姻的故事」

話說這段半世紀前的「婚姻的故事」（林先生的一本小說集書名），場景在北平成舍我先生創辦的「世界日報」，時間民國二十七、八年，男主角夏承楹任副刊編輯，女主角林海音是故都最早出道的女記者。「平凡」的開場白——「她很好，很隨和，長得很漂亮。」「就是兩人可以玩在一起，他寫，我也寫，志同道合。」這段稱不上「轟轟烈烈」的戀愛，但經營成「豐富精彩」的婚姻。

他們同而合的「志」與「道」就是執著地編、寫、譯，持續近半世紀而不輟。編、寫、譯交融於他們的婚姻生活。

在北平的日子，夏先生最懷念的是「當風雪之夜，我們聽著爐上嗡嗡的水壺聲，各據一桌，各書所感；偶然回頭看看床上睡熟的孩子的蘋果臉，不禁相視而笑，莫逆於心。」

民國三十七年，夏家自北平的城南，遷居至台北的城南。三十九年，夏先生、林先生同進國語日報，夏先生擔任副總編輯，林先生則主編「周末」週刊，這是他們二度同事，不僅是報社的同事，回家還是同事。「因爲稿子難拉，我們兩人經常要執筆湊數。我們寫作的興趣很高，每天晚上孩子安睡後，我們就各據一桌，各抒所懷。靈感來自白天所聞、所見、所感；何凡勤讀西書報刊，搜集資料不少，自然不會棄而不用，何況我們兩人從十幾歲起就喜歡舞弄文墨，可以說積習難除了。」

那時候他們爲充實版面而寫、譯的作品，後來彙編成「窗」一書。

稍晚（民國四十二年）林海音出任「聯合副刊」主編，將原來綜藝性副刊經營爲文藝性濃的副刊。從她的「流水十年間——主編『聯副』雜憶」一文，又可讀到他們夫婦合作的事例：「何凡和我，對報紙的副刊，有共同的愛好，而且我們都是各自在未出校門時，就在報社兼工作，或者向副刊投稿，畢業後又都從事新聞工作，這一生沒有離開過這個崗位。決定接編『聯副』，就計畫藍圖：……副刊每天一篇方塊專欄，由何凡執筆。……作者的文章，固然應有其自己的風格。但所談所論，更應當知識淵博，觀念正確，要做到使讀者喜愛和服膺，並且發生影響力。這些何凡都做得到，因爲他早在北平的報上就是幹的這一行，文章『叫座兒』不自今日始。」

此後三十年，何凡持續撰寫「玻璃墊上」專欄，累積多達五千五百多篇，全集正由林先生主持的純文學出版社編校中。這個小小的方塊不僅是自由中國有史以來最長壽的專欄，記述近三十年台灣社會的發展史，也深深影響他們的家庭生活。他們的二女兒夏祖麗就說：「童年的記憶裏，父親永遠埋首在書桌寫作。每天晚飯後，不管家裏是否高朋滿座，或是有什麼好的電視節目或晚會，他一定撇下滿屋子的熱鬧，回到書桌上埋首寫作。」

至於「玻璃墊上」的催生者林海音則如此形容她的夫婿：「每天把自己關在書房裏，埋在書報堆中，像一隻白蟻那樣的辛勤蛀蝕，然後像蠶一樣的吐出絲來。」

●精神上的相互依賴

這對文壇伉儷的文學合作，除了編、寫「聯副」外，還於民國四十六年十一月至四十九年合編名重一時的「文星」月刊，「文星」的創刊詞就出自夏先生之手，其篇名「不按牌理出牌」傳誦久遠近乎流行語。

此外，他們互相爲彼此的著作寫序，林先生爲夏先生翻譯的「包可華專欄」寫前記；夏先生則爲林先生的「專屬作序人」，自第一本散文集「冬青樹」，到最近出版的「家住書坊邊」，均有夏先生的長序，不僅簡介該書內容，還寫林先生的寫作過程或心情，自然兼及他們的家庭生活——因爲寫作已是他們家庭生活的重要活動。

被他們的三女兒夏祖葳形容爲「筆下俐落，嘴巴很笨」的夏先生，常常「利用」作序的機會表達他的愛。他就曾用文字訴說：「進報館後才結識了海音，這就是我的生命中最大收穫；她生了四個孩子，使我們共有一個六口之家，這就是我的最大成就。」(寫於四十四年)

次年，又寫了一段：「我是個文科學生，服務於新聞界，因爲，不時編編副刊，和文藝界人士也有些瓜葛。海音是讀新聞學的，也寫寫文章。於是我們便成爲『桿兒上』的同志。在工作上、生活上，有很深的依賴性。……我的報社工作、學校課業以及覆函訪友等，也少不了她幫忙。分工合作，使我們感到輕而易舉，而且必要時可以互相代替，不至於釘死在一件事上。」

這段話正印證了林先生主張的「夫妻之間要有互相依賴的心情(精神上的依賴)，這對夫婦的感情才能建立得更堅固。」無疑的，這是他們從婚姻生活中體悟的婚姻哲學。

●標準丈夫與能幹妻子

夏先生的愛常常以「默片」演出，形諸於無聲的文字或動作。文學散見於林先生著作的序文中；動作則默默地進，行之五十年「標準丈夫」的一切要件——不抽煙、不喝酒、不打牌，努力工作，薪水袋原封不動地交給太太，按時回家。他們的二女婿張至璋形容得最傳神了：「簡直奉公守法得不得了。」

只要夏先生在家時，拜訪夏府，往往一進門就能握有一杯夏先生早沏好的熱茶；上桌時，總有「超出預算」的陪客團團圍住夏家的大圓餐桌。這個時候，加凳子、擺碗筷的一定少不了夏先生；等大夥兒吃喝笑說一番，放下筷子時，夏先生早為大夥兒準備好水果，連橘子都是一瓣瓣剝好了的。

說到吃在夏家，叫人齒頰留香。林先生操縱刀鏟、鍋爐的妙手，一如她的文筆，行雲流水；統御廚房的功力不下於編副刊、辦出版社。冬天，她喜做道地的涮羊肉，勝過「都一處」的招牌菜；夏天，她常做中式小吃炸醬麵、餛飩，西式的「潛水艇」(法國漢堡)，還有各地名菜，色香味自不在話下。

林先生說：「女人不要看輕家事。勞動不分貴賤，尤其家事，夫妻誰有空就誰做嘛！能夠公事、家事都做得出色，內外都强才是眞正的女强人。」

言而必行，林先生就有好幾招拿手的家事，除了烹飪，還擅長女紅，她的四名子女小時候，都穿著媽媽縫製的花裙或制服；現在兒女個個成家立業遠居異國，她重拾少女時代的興趣——設計服飾，變化她自己旗袍上的襟領、盤扣、滾邊、鑲花等等。像林先生如此魚與熊掌兼得的女人，才是名副其實的女强人吧！

天下沒有不吵架的夫妻。夏先生和林先生在漫長的五十年婚姻生活中鬥過嘴沒？他們雖會因意見不同而爭執，但不會破口大罵地吵架。因為夏先生認為：「夫妻之間不要斤斤計較，只有閒得沒事幹的人，才會爭多論少的。再說，朋友之間爭吵可以避不見面，夫妻不成，吵吵鬧鬧等於自尋煩惱。」所以夏先生「對付」林先生的法子就是：「她急的時候，我不理她就完了嘛！」

最近報上刊登一項調查結果，泰半的中年職業婦女害怕成功，她們害怕功成名就會妨礙夫妻和諧、家庭幸福，顯然在二十世紀末葉的台灣社會仍存在「男尊女卑」的婚姻觀。

那麼，傑出且活躍的林先生可曾帶給夏先生壓力呢？出生於一九一〇年的夏先生一向觀念開明，他說：「各人寫各人的文章，沒什麼壓力呀！太太名氣大，也沒什麼問題啊！」不過夏先生還是奉勸時下的女強人：「丈夫娶的是太太，而不是找個上司。」

林先生則說：「我們認識時，我的名字就常在報刊上出現，很自然也很習慣，沒什麼問題嘛！」或許林先生在外是幹練的記者、編輯和老闆；在家又能處理家務事，克盡「夏太太」和「夏媽媽」之責吧！

自稱爲「生活者」的林海音說：「我喜歡好好的過日子，注重生活的品質。」物質生活的提升，要勤奮工作；精神生活的愉悅，得用心經營。

正如她回憶撰寫第一本散文集「冬青樹」的心情：「記得那時年少體健，在工作、家事之餘，似乎還有得是精力，燈下握筆（夏天是脚下一盤蚊香，冬天是腿上一條氈子），思潮如湧，幾乎每天都能爲報刊寫個數千字的短篇。雖說是爲生活找些貼補，但主要還是爲興趣。而且因爲寫作，和許多同好的朋友交往，友情更是我這一生所引爲最有獲益的事。」

●多才多藝的一對「文學夫妻」

「生活者」林海音就是如此誠摯地熱愛生活中的人與事，而將夏家經營得一如她的外貌——雍容富泰。

儘管這對文壇伉儷在性向上屬「互補型」：夏先生內向、寡言；林先生外向、健談。但他們的本質十分近似，除了在文學事業上志同道合外，他們熱愛生命，多才多藝，打從戀愛時，就喜愛溜冰、聽戲、聽音樂、看電影，至今，夏先生依然痴迷體育，看比賽、寫相關文章、打起桌球來不輸年輕小伙子；林先生是劇院的常客，近年勤學電子琴，還曾上台演奏。他們酷愛旅行，有時趁開會、受邀講演之便順道旅行、訪友、探親，今年四月，「二老」參加紐澳旅行團暢遊南半球，一來避壽、二來探望僑居墨爾鉢的二女兒夏祖麗、張至璋一家。

即將慶祝金婚的夏先生對這樁婚姻與家庭，一如三十多年前作序時同樣滿意。去(七十六)年林先生七十壽宴中，夏先生「奉兒女之命」致詞，難得一次在衆人面前「有聲」地讚美他的人生伴侶，其滿足的心情一語道破：「我們中國人談一位女性，不外要說她的婦容、婦德，關於『婦容』這方面——我想是『有目共睹』，用不著我說，你們大家賞下眼光就好了。關於『婦德』這方面呢，我想剛才各位貴賓都看見過，我的子女，還有孫子女、外孫，他們都能夠正常的發展，不管做事或念書，從來也沒有給我倆老惹過什麼麻煩，所以不是母親教導有方，不可能達到這個地步。」

或許讀者還猜不出誰是夏府的「一家之主」？到底夏先生當「土皇帝」的時日多呢？還是林先生「垂簾聽政」的威權高呢？

●並肩攜手，樹立典範

余光中先生說得好：「我們常說，成功的男人背後，有一位偉大的女性，這個男人當然就是指何凡了。不過，現在是女强人的時代，所以反過來說，成功的女人後面，也有一位偉大的男人；那麼他們兩人到底誰在誰的後面，還是都在前面呢？也許我們可以這樣說：他們這一對伉儷是站在一起的，彼此並肩攜手。」

何凡、林海音這對文壇佳偶，均身兼成功的自己和偉大的配偶，於是其加數的總和就成了常人的倍數。不僅是古老婚禮祝詞「天作之合」、「永浴愛河」的最佳證人，更爲舉世滔滔婚變、愈演愈烈的「男人與女人的戰爭」提出反證。他們給後生晚輩創立了卓越事業與美滿婚姻兼得的典範。

比翼雙飛

喜樂／小民

●**喜樂**，本名姜增亮，民國四年生，北平市人。自幼喜愛繪畫，在「故都鄉情」、「春天的胡同」等書中與他的另一半小民女士合作，由小民執筆撰文，喜樂畫插畫，介紹故都風情。另有「喜樂畫北平」彩色畫文集一冊。

●**小民**，本名劉長民，民國十八年生，北平市人。著有「紫色的毛線衣」、「多兒的世界」、「婚禮的祝福」、「紫色的家」、「故都鄉情」、「春天的胡同」等，主編散文集「母親的愛」、「朋友的愛」、「上帝的愛」、「走過歲月」等。曾獲得第二十五屆文協散文獎章。

下：民國六十二年，搬離南部故居，全家合影於老家庭院。

上：喜樂、小民與長子保健、次子保真。

上：喜樂、小民的全家福。

下右：民國六十六年保真畢業於中興大學森林系與母親合影。

下左：喜樂、小民夫婦合影於「春天的胡同」插畫展。

共圓文學夢

■楊錦郁

他稱她為「女王」、「二姑」、「二妹」，女王意味她的尊貴，不可一世，「二」是她在姐妹中的行序，稱姑乃指她淩人的姑奶奶氣焰，至於二妹則是天天當著面對她的膩稱，在「我是哥來你是妹」的伴隨中，包含無限的寬容和寵愛。

她仗著年輕十四歲，喜歡大呼他「老件」、「老天眞」或「書呆子」，讓人老心不老的他徒呼負負，沒有辯白的餘地，只能當她是小女子不懂事，不必與之計較。

結褵四十多年，他看著她從不更事的少女蛻變成細心能幹的少婦，親自撫大三個頂天立地的兒子，步入中年後，並在柴米油鹽之餘找到一處筆耕地，拓展出寬廣的精神領域。她無時不盡責的扮好身為人女、人妻、人母的角色，在父母的眼中，她是一個嬌女，在兒子的心目中，她更是一個完母，只有在他的身邊，她可以縱容自己的本性，愛嬌、耍賴、霸道，當一名不太講理的「小妻子」。而他安撫她的最佳辦法便是將「一家之王」的寶座無條件的讓與她，自己則隱於後當個幕僚長。

●一見定情

那恍惚是在抗戰前後期，戰局愈來愈呈現膠著的形勢，四川省擠滿了來自四面八方的落難人潮和流亡學生，第一批由政府派往美國密西根大學研究航空工程的留學生也陸續回國，投效報國行列，而立之年的喜樂正是留美學人中的一員，他被編派到四川的航空研究院從事飛機設計，閒來則喜歡塗塗畫畫，將一些精心畫作送與幾位好友，共同欣賞。

某天，他信步走到一位同學家，探頭一看，裡面擠滿了幾位荳蔻年華的女孩，與同學的甥女吱喳著不停，其中一位看來不過二八年華的少女正凝神盯著牆上的一幅月歷美女，那幅畫正是出自他的筆下，他禁不住多打量她幾眼，女孩有所覺的回過頭來，她秀麗的瓜子臉上有著一對翦水般的雙瞳，靈活的眸子對他轉了一圈，那清明的眼波激起了他心底的漣漪，他認定了這就是自己夢中情侶，既然她已現身，又豈可讓她逃脫，於是，他立即發動猛烈的攻勢，高人的學歷、藝術的才氣、强健的體魄，幫他贏得女孩全家的心。

而她，畢竟還小，十五、六歲還是做夢的年齡，又怎知持家的艱辛，於是，他義不容辭的肩負起帶她成長的責任，他教她縫紉、烹調，希望她在最短的時間進入最佳狀況，偶不合意，也不敢苛責，以免她的明眸湧出串串淚珠，讓人看得心疼。

兒子出生後，也應驗了「為母則强」這句話，她接手所有的家務，讓他完全沒有後顧之憂。她在家庭中體會新生命的稚嫩和希望；在人事的應對上發現生活的艱辛和圓滿。得自於現實的諸般經驗，再次教育她的心靈，使她忍不住想把這些澎湃起伏的感情記載下來。

而促使她眞正提起筆來的因素，是源於對母親的思念，三十八年渡海來台後，她的母親和弟弟便一直和他們小家庭共同生活，後來，母親為了兒女操勞過度，撒手人寰，在她的心裡造成難以彌補的缺憾。當時，她家在台南市一所小學旁，每逢母親節將屆，校園裡總會傳來一陣陣清脆的歌聲：「母親像月亮一樣，照耀我家門窗，聖潔多麼慈祥，發出愛的光芒……。」這歌聲一陣陣敲擊她的心弦，她再也忍不住提起筆來寫下了處女作「母親的頭髮」。初作見報，無疑給她帶來很大的信心，適巧她在上小學的小兒子多兒身上，發現許多童趣，便一一把它記下來，成了「多兒的世界」一書，書中多兒的天眞可愛，曾經引起很多人士的關愛。

●闔家出擊

在不經意間，她闖入了寫作園地，寫作成爲她宣洩心裡壓力，散播快樂信心的方式。爲了鼓舞次子面對大學聯考的挑戰，她寫了一篇「媽媽鐘」，次子由於高中學業的歷經波折，也懂得藉助寫作來抒慰自己心情的積鬱。就這樣，這一對母子檔小民、保眞在文壇上現出身來。他倆得自於寫作上的精神和實質的鼓舞，也使得爲夫爲父的喜樂躍躍欲試，他强調小民的丈夫應該叫「大官」，於是，他便以大官爲筆名，寄出第一篇稿子，怎奈大官口氣太大，一下子便遭到退稿的命運，使他這位虔誠的基督徒忍不住自我省思，終於悟及基督教的教義乃是永不灰心，以喜樂爲人生觀，從此，他便擷取喜樂爲名，也開始了筆墨生涯。

三人行之後，流風所及，竟然影響到長子及長媳，雙雙提起筆來，連老么多兒也忍不住技癢，舞文弄墨起來，於是，一個罕見的文學家庭聯合出擊，並且合出了「全家福」、「紫色的家」、「闔家歡」三本書，成了生活最佳見證。

●寫我故鄉

夫妻倆都從事文學創作，自然會互相激盪、批評一番，在喜樂而言，文章合該爲「經國致世」之用，所以他大都發表議論，上自國家大事，下自交通市政，無一逃過他的法眼。小民對於他的硬梆梆的文章不表共鳴，她以爲寫作的人該多關心周圍的小人物，從他們的身上領略人生的甘苦，所以她便用慈母的口吻來反應市井人物的心聲，這一招倒引來許多讀者的青睞，使她成爲有票房的作家，較讓她耿耿於懷的是，老伴始終認爲她寫的這些都是尿片文章、婦人之見罷了。

寫多了眼前的育兒慈母經驗後，小民開始反顧自己成長的歷程，她本是北平人，抗戰爆發後，才移居到四川，而喜樂也是北平人，他的歲數較長，對故都的記憶更深刻，於是他倆合議以北平爲題，由小民執文，喜樂著墨，將故都的風土人情用圖文並茂的方式刊登出來，和廣大的讀者分享。

問題是喜樂做事泰半隨興而定，準備了一大堆畫料，卻往往畫到一半就無疾而終，這時急性子的小民就忍不住在一旁嘀嘀咕咕，而且他倆相差十四歲，所看所聞的畢竟有些差距，爲了孰對孰錯，有時難免爭的臉紅脖子粗，最讓喜樂不以爲然的是，小民往往不先來請教他，就胡亂下筆，把一些詞兒弄錯了讓人笑話還不自知。

在你消遣我，我揶揄你之間，誰也不服誰，都想殺殺對方的氣焰，結果是讀者得利，看到一百多篇精緻的小品和配圖，而兩夫妻這一記聯合出擊在一片叫好聲中，竟欲罷不能，直至出版了「故都鄉情」、「故園夢」、「喜樂畫北平」等書才打住。

●愛是恒遠的忍耐

喜樂和小民雖然喜歡互相打趣，但這並不妨礙他們成爲一對美眷，因爲他們有著共同的信仰，這股信仰指引他倆要恒久忍耐別人的缺點，要打不還手，罵不還口。

他們全家都是虔誠的基督徒，宗教的力量使他們永不灰心，深信任何苦難的後面都有上帝的祝福。

數年來，他們都維持著家人在晚上一起讀經的習慣，只是，在這段時間內，偶而却會出點小意外，起因是字正腔圓的喜樂太好爲人師，熱心糾正家人的發音，瞧他一而再、再而三的中斷讀經，指導別人——特別是小民，眞讓她恨得心癢癢。

信教的因緣，也在無形間影響他們的行事，像喜樂便奉人生以喜樂爲圭臬，以「大自然」爲標準，沒什麼好計較，孩子考不考上大學也無所謂，一切發展順其自然，興起時何妨引吭高歌，以娛衆生，在聚會場合，只要有人慫恿，他便毫不扭怩的上台去，舒展他男高音的歌喉，自娛娛人。

而小民更是時時不忘教義的精髓，對未來充滿信心、希望。平日，她利用上午的時間來寫作，寫完後有餘力便開始履行「助人爲快樂之本」的明訓，凡朋友有難，我來同擔，遇到棘手事，更以一副「捨我其誰」的姿態衝鋒陷陣一番，委屈自然是吃了不少，好在家中還有一個老伴可以當消氣丸。

●隱藏的夢想

「少年夫妻老來伴」，喜樂和小民不僅是老來伴而已，在兒子一個個學有所成，相繼離開身旁時，他們更想利用這段無牽無掛的黃金期來實現一個隱藏於久的夢，那就是重新圖解紅樓夢，計劃中的方式是由小民來細讀全書，再將可以入畫的情節勾勒出來交由喜樂來爲他們重新造型。紅樓夢一書的背景在北平，正是他倆耳孰能詳的地方，況且喜樂對故都的建築、人情又相當瞭解，經由他筆下的詮釋，相信可以還給寶玉、黛玉較佳的面目。

除了幫喜樂做前引工作外，小民還有一項自己的計畫，那就是將自己這一生從後方抗戰到來了台灣之後，親身經歷的社會變遷用長篇小說記錄下來，當然，這是一項鉅作，可是她心底無時不在的使命感却一直催促她往這個目標邁進。

喜樂說小民沒有藝術眼光、色彩概念，也許是如此，小民乾脆擇定一個紫色系，把看得到、用得到的東西都變成紫色，也省得爲如何搭配費心。

小民說喜樂無常性，動作慢條斯理，吃起飯至少要一個鐘頭，眞正是「自己喜樂別人憂愁」。或許是賭氣，喜樂花了四百一十小時完成了絕無僅有的一張大畫「北海九龍壁」。

背地裡，他喚她是「賴人痞」、「窩裡横」，她說他「神經病」、「姜侃搬畫」自鳴得意。

正面地，他「二妹啊」膩稱個不停，她叫「老伴兒」充滿了濃情。

要說這對老夫老妻的生活缺少情趣，你，相信嗎？

比翼雙飛

王書川／王黛影

●**王書川**，民國八年生，山東緇川人。曾任浙東日報編輯、中國聯合通訊社總編輯。來台後曾任高雄市議員、中國文藝協會南部分會常務理事。著有散文集「北雁南飛」、「花箋憶」、「藍色湖」、「簾裏簾外」、「王書川散文集」，短篇小說集「瑞典之花」「歸夢」等。

●**王黛影**，民國十九年生，台灣省人。民國四十八年出版第一本小說集「歧路」，並著有長篇小說「不歸鳥」、中篇小說「後塵」。「後塵」一書曾被韓國文壇翻譯出版。

上：戀愛中的王書川、王黛影攝於民國四十四年五月。
下：三十年前的全家福。

上：王書川、王黛影於民國四十四年結婚。
下：王書川、王黛影夫婦近影。

上天的美意

■游淑靜

一個礦工的兒子，家無三畝田，父無三兩銀，然而憑著上天對他特有的幾分眷愛，加上自己的天分及努力，竟能擺脫世世代代爲農夫、工匠的窠臼，起身過著搖筆桿的書生生涯（甚且當過縣長及市議員），這又是文人締造的另一則生命傳奇。

●出身寒微

王書川的曾祖父曾是私塾先生，祖父則農牧爲業，做一個尋常農家人，他的曾祖父與外祖父因同在一個廟宇膜拜，兩人結成知交的棋友，當時外祖父看他的父親常在一旁玩耍，頗爲中意，便私下把女兒許配給他父親，當兩人長大成親後，其外祖父對女兒頗有些歉疚，因外祖父是縣城的人，家境較優，祖父是鄉下農家，媳婦得做粗活，這對在縣城長大的母親而言，實在苦不堪言。

爲了彌補心中的愧疚，外祖父遂年在王書川三歲時，即把他抱去家中撫養，上新式學堂，接受現代教育。

時光荏苒，春去秋來，很快地，王書川小學畢業了，農夫出身的父親有感於自己日日辛苦，仍不得一家溫飽，還得出去做礦工，因此一心希望王書川去學木匠，賺點錢貼補家用，爲此，王書川還特地拜一個老師傅做乾爹，父親並諄諄教誨「學不成癡藝不精」。

幸而外祖父賢明，他不希望自己的外孫就此淪爲貧農，終日與牛豬木頭爲伍，遂與其父親打賭，只要王書川能在前五名內考上貴族學校「顏山中學」，就雙方合資讓王書川繼續讀書。

王書川果然不負衆望，以第三名考上，父親只好說話算話，典當了二畝田，得二十塊大洋，再向親戚告貸，才湊足四十塊大洋的學費，爲此，父母遭親戚不少白眼：「什麼身家？不自量力，還讓兒子讀貴族學校？」

學費既已湊足，其餘住宿、文具、雜支等，一概由外祖父負責，衣衫襤褸的窮子弟——王書川，終於由外祖父流著眼淚，護送到學校。

第二年，王書川成績優異，得爲「免費生」，順利完成學業；這段期間，他深受國文老師徐愛濤賞識，時常加以鼓勵，指導他看古典文學及徐愛濤自己在報刊發表的新文學作品，由於王書川沒有錢參加老師的課外輔導，徐老師特別照顧他，讓他到家中做些打水、挑水的雜事，免費讓他上課、讀書，因此所有古典文學、新文學的底子，全在此時奠定，而他對恩師的感激之情，也是永生難忘。

●投筆從戎

十九歲，王書川面臨人生的另一個轉捩點，日軍的炮火，無情地打破寧靜的縣城，正值血氣方剛的王書川豈有坐視之理？遂毅然丟下一切，投筆從戎。

拿著槍桿去殺敵，豈不是太危險了？這是他老父無法贊同的，但王書川說：如果祖上有德，他即使九死一生，也能功成名就，如果祖上無德，即使留在家鄉，也未必能倖活，因此抱著破斧沈舟的決心，投身軍旅，走向一個不可知的未來。

數年的軍旅生涯，在兵荒馬亂中，確實發生不少千鈞一髮、危急萬分的事件。

參加游擊隊時，他曾夾帶我軍秘密文件，藏在煙嘴裡，以平民商人的打扮，躲過日軍地毯式的搜索完成任務，設若他胆小心怕，自露馬脚，一定被日軍嚴刑拷打，死無葬身之地。

在沂蒙山時，被日人窮追三天三夜，滴水未盡，最後逃到一處被棄的荒村，在地窖中找到一些地瓜，全隊戰友在飢寒交迫下，飢不擇食猛吃，伺後大吐酸水，消化不良，幸而仰賴隨身攜帶的八掛丹、萬金油，才逐漸好轉，有這個經驗後，直到今日，他仍然隨身不忘這兩樣東西，並視之爲護身符。

抗戰勝利後，接著剿匪，雪野之戰，我軍戰敗，共黨在背後窮追猛打，他們逃到大別山區，全部打擺子（瘧疾），繼轉爲傷寒，天天都有人病死，碰巧大別山野狼又多又猛，前一天把人埋在地下，第二天便屍骨無存（全被野狼吃掉了），弄得人人自危，魂不守舍，幸而後來服用奎寧，大家才撿回一條小命，又逃過一劫。

而在這種兵馬倥傯的歲月中，他仍然沒有把文筆荒廢。在沂蒙山參加游擊隊時，坐困山中，惟一相伴的是一支步槍和一本日記，無事時，山崖下、溪水旁，隨時便手到筆來，無拘無束地記下每天的大小事，成了文筆的最佳磨鍊。

在大別山集訓時，他主編「戰地日報」，自刻自撰自印，與大後方出版書籍、新聞傳播等媒體多方接觸，開拓了不少視野。

日軍投降後，他移師安徽安慶，團長把他們一些年紀較大的放在文廟「奉養」，不必出操上課，他便以孔老夫子的神案爲桌子，每天除寫日記外，也不斷創作散文、新詩、小說，每得稿費，就請同隊袍澤喝酒吃水餃，成了當時艱苦生活中，最大的享受。

●有緣千里

來到台灣後，王書川仍走老本行，在中聯社（中國聯合通訊社）服務，四十年，奉派到高雄成立分社，社址是借來的，前半段是辦公室，後半段是居家自用，簡單的甘蔗板，一桌一床一椅，仍抹不掉他寫作的狂熱。

四十四年，高市選市議員，由於鹽埕區泰半台灣人，外省籍者爲免分散票源，遂共同推選王書川出來競選，他以在中聯社任記者的人面，加上誠意，每天騎著脚踏車，四處拜託，結果僅花費區區四千塊台幣，便順利當選。

雖然無心插柳地走上議壇，王書川仍沒有忘掉文藝，不僅和尹雪曼合作創辦「新創作出版社」，也陸續出版自己的小說集，致力推動文藝風氣。

此時的王書川已是三十好幾的老光棍了，尹雪曼見狀不妙，遂權充月老，爲他介紹黛影。王書川回憶過往，很得意地說：當時黛影白白淨淨，貌美而不失端莊，心中頗爲中意。未料當天晚上，他竟然做了這樣一個夢，夢見黛影抱一個小孩，坐在他家門口。頓時他心中有預感：難道這個小姐就是他未來的妻子？

他不禁左思右想：當初他從山東老家，毅然辭家從軍，隨軍隊東征西討，八年抗戰，日軍投降，他並沒有返鄉告慰雙親，卻任自己一味往南逍遙，安徽、江蘇、浙江，乃至在遊罷名山大川，飽餐江南秀麗後，還蟄居四明縣做山大王——代縣長，冥冥中，好像南方有個人在等他，對他有一種無形的吸引力，一直催促著他往南、往南。

黛影是台南人，是父母唯一的掌上明珠，家中雖不是頂富裕，卻盡得雙親的寵愛與栽培，在貧困的日據時代，極不容易地讀到高女。

「其實唸到高女時，我已經沒眞正讀多少書了，當時美軍轟炸頻繁，三天兩頭要躲到鄉下的防空洞，半夜坐牛車逃命，誰有心思上課？而且日本人爲支援前線，常常派我們這批學生到醫院、到工廠、到鄉村義務勞動；只是當時年齡小，不懂事，一聽到不用上課，便很高興，頑皮的同學還把木屐拿來當茭杯，清早起來先丟到地上瞧瞧，如果是一正一反，就表示當天有空襲警報，不用上課了。」

光復後，黛影在警察機關做事，由於和許多外省籍同事相處，原本不會說、不會寫、不會看的國語國字，竟漸漸熟悉起來，還大胆嘗試用中文寫作，只是非科班出身的結果，日文的包袱難以擺脫，常常國、台、日語夾雜，難叫人領會。

如今，幸有這種機緣，認識一個單身議員，而且是前輩作家，黛影便以書信，虛心向王書川求教。此時，王書川心中不禁大喊：眞乃天助我也。他正苦於不知如何下手，如今黛影主動求教，他可以名正言順，展開文筆攻勢了。

黛影寫稿雖然語法不通，但基本架構相當不錯（這都要拜以前嗜讀日文小說之功），無奈她個性粗枝大葉，文章一經寫成，便不想再看第二遍，蕪雜難免，這正好給胆大心細的王書川大展長才，爲黛影修修補補，成就不少好文章。

黛影說：由於相處較久，她覺得王書川做事認眞、負責，個性溫和，長得也很端正，因此當王書川向她求婚時，她點頭答應了，心想：這個人應該可以託付終身吧！

●據理力爭

當然，老父一聽女兒要嫁外省人，而且是大了十一歲的老光棍，無論說什麼也不肯。

但黛影柔中帶剛，意志堅決，不僅向老父據理力爭，甚至向老父攤牌——如果父親不答應，她已經二十四歲，婚姻可以自主，她要去公證結婚。

老父看大勢已去，多說無益，只好勉强同意。

黛影說：她不是有意違背父親，而且她處境很難。她是唯一的女兒，父母一直希望爲她招贅，而且第一個生下來的孩子要姓王，這樣的條件怎麼能找到好丈夫？因爲台灣人一向重男輕女，好人家的男人絕不願這麼做，因此她遲遲等到二十四歲，還待字閨中。

如今，王書川隻身在台，沒有家庭的牽絆，又同姓王，一切問題均迎刃而解，論人品也不錯，她如果不把握這種機會，日後更待何時？

黛影笑稱：當時她這個二十四歲的新嫁娘，已被大家笑爲老新娘了。

而事實證明：黛影的選擇沒有錯，王書川流離失所二十餘年，如今有個家，自是非常珍惜，對妻兒愛護備至，而對岳父母也極爲孝順，視他們爲已身所從出，黛影舉例說：她母親晚年病重，無法行動，王書川親自背著她母親，到醫院去看病，今日想來，即使是親生兒女，都未必如此孝順，以故對於丈夫，黛影是滿心感激，又愛又敬。

而王書川對於這個賢內助，也是說不盡的感謝。他說：要結婚時，他僅有四千元存款，拿來做聘金後，已分文未剩，但他不能讓黛影娘家太沒面子，因此悄悄向朋友借來金項鍊、金鐲子、金戒指、送去銀樓洗淨洗亮，先權充結婚信物，待典禮結束，馬上物歸原主。雖是如此，但黛影一點也不在意，她想：兩人都還年輕，只要同心協力，將來想要什麼，還怕沒有？

一個市議員結婚，場面當然也不致寒酸，尤其王書川禮賢下士，三教九流的朋友不知凡幾，因此，當年的結婚喜宴，席開六十餘桌，證婚人、介紹人都是當時的名流——司令官石覺，市議會議長陳武璋、警察局長潘敦義，著實爲岳家帶來不少光彩。

●平地高樓

小夫妻新婚，雙方都沒有什麼恆產，爲了建築小家庭，彼此都努力工作，閑暇時寫點文章，賺些稿費，但很快地，兒女接二連三落地，紛擾的家務忙得黛影團團轉，那有空再拾文筆。

而此時的王書川，在議壇甚得人望，一連被推選出來當三屆議員，原本議員的車馬費加上中聯社的薪水，待遇頗爲優厚，只是他人面太廣，交際應酬特別多，薪水入不敷出；這不打緊，更嚴重的是：他爲了服務選民，日夜在外奔波，諸如：爲鄰居夫婦調解糾紛，爲三輪車伕擔保，爲朋友寫介紹函……甚至三更半夜聽到敲門聲，衣服一披就得去處理，夫妻倆一天說不到幾句話，逐漸長大的孩子，也得不到父親什麼照顧，小腦袋只知道找母親，對父親的印象極爲模糊。

黛影眼見長此下去，不是辦法，便以離婚作爲要脅，要王書川在議員和家庭中，選擇其一。

王書川自忖：家庭是他珍惜的，他絕不能放棄，而當了這麼多年議員，雜務纏身，爲此幾乎令他停筆，失比得多，兩者權衡輕重下，他毅然退出政壇，重新找回自我，再度步入生活正軌。

王書川說：幸而當年黛影給他醍醐灌頂，否則今日的他，恐怕仍浮沈於政壇，不知自己是何面目了。

「黛影雖是女流，但很有企業家頭腦，在國泰公司任經理期間，她把屏東、高雄一帶的業績，一下提升好多倍，不僅令大家刮目相看，也令手下數百職員，口服心服。」

自國泰退休後，她遠赴日本，研習美容業之經營管理，回台灣自己經營永琦美容減肥公司，業務煩忙，現因年事較大，才予停業，一方面怡情養性，一方面專事寫作。

「別看她外表溫柔，其實個性很強，決定的事就很難叫她改變，有時連我都得讓她三分……。」王書川說完，接著一陣哈哈大笑。而被王書川視為女強人的黛影，則只柔順地在一旁聆聽，含情脈脈，微笑不語。

一個家的締造，絕非個人所能完成，從當初的赤手空拳、孤家寡人，到如今的兒女有成，住高級地段的電梯大廈，王書川怎能不感謝眼前這位伊人？

●鶼鰈情深

婚姻如此互敬互愛，還能有爭執嗎？

當然，……這也在所難免。一直話語不多的黛影道：

「王書川幼年、青年均在家窮困的環境下生長，因此養成非常節儉的習慣，一件衣服、一件褲子都穿破了，還捨不得丟，我常把這些舊衣服收拾好，準備扔掉，他又把它們補好，拿起來繼續穿。其他如一張缺腿的椅子，用壞的鋸子，他也視如寶貝，全部供奉起來，結果一個家像破爛窩，我這個人極愛乾淨，無法忍受這種行為，常偷偷地把它們丟到樓下垃圾場，偏偏王書川眼尖，每次都被他再從垃圾堆撿回來，所以現在的陽台成了儲藏室，見不得人。我也不是浪費奢侈，但以現在的經濟能力及生活水準而言，實在不需要如此刻苦，又不是四十年前的台灣……。」

聽黛影如此「抱怨」，王書川趕緊解釋：「以前我們行軍打仗，那種飢寒交迫的困境，非當事人無法了解，我記得以前有一條長褲穿得都破了，髒得幾乎要滴出油來，仍然沒錢換新，這條褲子直到台灣，我仍帶著，它和我出生入死，已經有一分難捨的感情。我當然捨不得扔。

我是一個惜福的人，雖然今天已經衣食無缺，生活富裕，但『一粥一飯，當思來處不易；半絲半縷，恆念物力維艱』，幼年時，秉承父母庭訓，這些話我不敢稍有怠懈，所以只要東西還能用，只要衣服還能穿，我總是物盡其用，善加珍惜。」

由於王書川能有這種胸懷，能凡事感恩，知足豁達，因此雖已年逾古稀，却養生有道，身體健朗，每年帶著黛影，到中正紀念堂打幾趟太極拳，來幾回八段錦，看來好像只有六十歲，夫妻站在一起，一點也顯不出他有老態，尤其現在二人皆退休賦閒，在不必爲生活奔波之餘，寫作成了二人的志趣，彼此鼓勵，眞不知老之將至矣！

俗話說！百年修得同船渡，而如此鶼鰈情深的姻緣，更不知是幾世修來之福——願生生世世也爲君婦，恰似菟絲附女蘿，這該是他們夫妻心中同唱的一首歌！

比翼雙飛

柏楊／張香華

●**柏楊**，本名郭衣洞，民國九年生，河南開封人。國立東北大學畢業，曾任教成功大學、國立藝專及自立晚報副總編輯、中國青年寫作協會總幹事等職，創辦「平原出版社」。著有短篇小說集「秘密」、「怒航」、「天涯故事」等，長篇小說「曠野」、「古國怪遇記」等，報導文學「異域」、「金三角、邊區、荒域」，「柏楊版資治通鑑」、「醜陋的中國人」、「柏楊小說選讀」、「柏楊說故事」等。

●**張香華**，民國二十八年生於香港，福建龍岩人，師大國文系畢業。曾任建中、世界新專教師、「草根」詩刊執行編輯、文星雜誌詩頁主編。著有詩集「不眠的青青草」、「愛荷華詩抄」、「千般是情」，散文集「星湖散記」，詩文選集「只緣身在此山中」等，編有菲華詩選「玫瑰與坦克」、菲華女作家卷「茉莉花串」。

下：一九八三年秋天柏楊夫婦攝於台北植物園，面對荷花池，背靠林叢。

上：一九八四年攝於美國愛荷華公園，天冷氣寒，兩人都是冬裝，背後是愛荷華河，再背後的建築物就是各國作家住的「五月花大樓」。

下：這是柏楊書房中的一個小景，柏楊一面抽煙斗，一面專心翻譯「資治通鑑」，張香華俯在他身旁細細凝視。攝於一九八五年，

上：柏楊家住台北南郊花園新城，位於小山之顛，在陽台上可以望到台北盆地及新店溪，本圖攝於一九八五年，柏楊夫婦憑欄小眺。

是夫妻，也是朋友

■江　兒

她在詩中寫道：「曾經，我們都是行路難道上，苦絕的畸零人。」

●飄泊成爲過去，雙臂互圍避風港

這兩位苦絕的畸零人，十多年前一個暮冬的黃昏，在一家暖暖的咖啡屋裡倚窗對坐。彼時街景清寂淡涼，日影逐寸黯去，年近六十的柏楊語調低沉而婉轉地輕詢張香華說：「你我都需要有一個歸宿了。」

柏楊當時甫出獄不久，神色眉宇間猶見蒼涼，然而誠懇殷切的態度頗令她欣顫難名，只是，沒有任何人能給這個問題答覆，即便是兩位當事者。那一刻，她眞是緊張極了，她說：「我不知道我們相愛是不是夠深？」

十年長日一躍至今。

今天，他們夫婦簡出深居於新店的「花園新城」，鎮日望對茫茫山煙，脚下塵景渺遠，若果無人特意造訪，蟄隱此間，眞會予人彷彿與世隔絕了的感覺。

可是在這外表看似靜極的寓樓裡，有電視爲目，電話爲耳，更有傳眞機猶如限時郵令兵；他們寫的稿子、他們的聲音或視界，因此可以和大多數人是近鄰；以及他們整天工作，思考、忙碌，也許比誰都更關懷著這個社會的事事樣樣。

然而現今他每月仍固定出一本書，必須寫出十萬多字的稿子；她則照顧柏楊的起居之餘，兼主編「文星」新詩專欄；這樣的成績，恐怕是天天有文章見報的人，也不見得能勝他幾籌，他的衝勁是一點也不減當年；這樣的生活，「使飄泊成爲過去，疲憊如拍落的塵土」，在他們共用臂彎圍成的避風港裡，可以朝夕守護著她愛的人，「她愛的人不再在火燒島上了」，想她必定甘之如飴。

●成了幾乎無所不談的好朋友

而在這種煙嵐浮繞的山莊寓樓裡，週日午后一點一刻，因昨天趕寫第四十五册「柏楊版資治通鑑」至深宵，方才起床的柏楊，簡單吃罷一盤熱呼呼的水餃作午餐之後，便邊擦著嘴巴移步到客廳來，還喃喃說：「我對吃是最隨便了，只消一碗大滷麵、蔴醬麵或來幾十個水餃，就足夠打發了。」張香華端了三杯茶過來，續著他的語意也笑著說：「都怪他太不看重飲食了，也是他不喜歡太太老是在厨房裡忙，覺得人生實不該將心力耗費在這上頭，日子久了，連帶的，我本來還不錯的烹飪技術，現在通通退化了。」

走向沙發才要坐下的柏楊，突然又折返臥室去，再出來時，他手裡抹著鏡片搖頭說：「記憶力眞是不行了，成日丟東忘西的，往往找得滿頭大汗，於是就跟自己生氣，鑰匙、稿子和眼鏡這三樣，沒有一天不在屋裡找得團團轉的。」

明年柏楊就是七十歲了。大多數已然這把歲數的人，記憶退化是很正常的現象，可是能有幾人還終日這樣埋首伏案，著書立說？「卻因爲在生活中他是這樣甚爲隨便而糊塗，本來我也是個懶散迷糊的人，結婚之後，祇好提醒自己要比他淸楚些，要不然怎麼生活？」說得雖無奈，神情裡她卻有股掩抑不住的幸福。

「常常到最後，東西都是他幫我找到的。」柏楊致謝地說。

他們兩人這這麼一搭一唱，東談西扯，好像事事都極新鮮有趣，柏楊說：「我們可以這樣從早談到晚，從門口聊到厨房，跟到厠所，再移至臥房。曾聽有人說，結了婚後，就沒什麼話說了，這在我們眞是不可思議，怎麼會呢？」

因此，共同生活了十年，張香華很覺滿意地說：「我們成了非常非常好的朋友，幾乎無所不談。」談看書的心得、政治問題、歷史、處理事情的方法，檢討待人的得失，用錢的觀念……當然也會批評東家長西家短的，這是一種最平凡的幸福，而夫妻本該當是這樣，柏楊的小結是，所以，有情人要成爲眷屬容易，眞正能做到像他和張香華一樣，有聊不完的話的，可能就不多了。

「她對我幫助很大，尤其在寫作方面。感謝上帝，賜我這麼一個好太太。」柏楊很認眞地表示這份心情。他的著作一本本出版，在定稿前的校對階段，張香華以一個讀者的立場或略帶批判的角度，往往能給柏楊意想不到的建議，使之更客觀、理性而完備。

這位「幕後功臣」卻謙虛地比喻說：「我這工作好比是個編輯，他的內在蘊含有極大的能量，我不過是幫他的能量盡量釋放出來罷了。」

●如膠似漆，恩愛逾恒

祇是「釋放能量」一般地簡單嗎？這番話兒卻予人「千里馬幸遇伯樂」的感覺。事實上，在生活中，柏楊更是有甚於此地依賴著張香華，他毫不避諱地承認自己「幾乎到了一刻也不能沒有她」的地步：「婚後，我們事無大小，俱是結伴而行，很少單獨行動，只要有一會兒看不到她，我便會有一種遑遑不安的急躁！」有一次，他們連袂赴美會議，祇因她和朋友先行離開會場，未與柏楊說清楚，竟急得他四處打電話，更驚動旅館工作人員們齊來幫他尋找，他說：「我整個人像沒了魂似的。」因而另一回到愛荷華參觀某工廠時，當他和張香華祇是分乘兩部電梯上樓，和他同一邊的外國朋友便突然像發現了什麼不得了的事，取笑他驚歎道：「哎呀！柏楊獨立了！沒有張香華，你自己還能活嗎？」

但從這小事兩樁，卻窺得了他們夫婦的如膠似漆，恩愛逾常，加上張香華頗有語文天賦，中文、英語、台灣話、廣東話她都十分流利，以及新到一處，在很短的一段日子裡，她就能用當地的話和人買東西討價還價等等，經常出國演講、座談、會議的柏楊，更是怎樣也缺不了他的這位「機要秘書」了。而今種種，既美滿又順利，卻是得來不易，柏楊曾不單一次地在話語間流露出珍惜之情，並再三重述：「感謝上帝，祂對我算是不錯的了，能讓我遇到張香華。」

張香華則說：「把我們倆人的結合姻緣，說成是一個『痴』字，我以爲並無不當。」

●旣複雜又統一，風貌一直在變

未與他相遇前，她以教書爲圓，生活不出課本、學生，多出的一點餘暇，則徜徉於詩歌之美裡。單純的世界，和混濁多事的現實有段距離，她曾寫道：「我從沒有料到，有一天，自己和這位手持矛槊、出入人間的人物，會有任何關聯。」

初見他時，從他手中一根根的紙煙所洩露出的焦灼心境外，她覺得柏楊「文質彬彬」，隨著交往了解，漸次地發覺他是個「堅定、硬朗、意志昂揚」的人，再深入探索，卻是「他的風貌一直在變」，她不斷掘現他無數個另外一面。

她曾經評語柏楊：「你這個人，既複雜又統一。」複雜的是，他對社會衆生百態的洞悉，歷盡曲折險巇的人生。統一的是，他永遠眞摯、奔放而倔强。或有人詬其爲「任性」，而他卻不變其活潑生動的感情。

柏楊的辦事效率奇高，寫作量驚人，許多次兩人聚面後，捧著他往昔所寫的一疊疊厚書，她感到有種豐收的喜悅對柏楊說：「大學四年，我都沒有讀這麼多書，這些書，夠我讀完另一個大學了。」認識了他，她有著「目不暇給」的充實感，並從此不再感到孤絕。

她回憶和他的第一次會晤後的情景：「深夜回到寓所，興奮而疲倦，幾乎倒頭就睡，還來不及整理他給我的印象。翌晨，我到學校去，一進辦公室，就赫然發現他的一封信，信封上沒有貼郵票，顯然是派人送來的，信上短短的幾句話，很令我感動，我撥了一通電話給他，這個電話撥開了我們共同生活的序幕。」而每一次約見，他總是隨身攜帶稿件，得空就修訂，看到他勤奮的一面，張香華說：「我領悟到，這個人是不能錯過的，他的速度太快，效率太高，他不會在妳的面前再三徘徊。」

●愛上了汽車間的一切

他們交往的那段日子，柏楊住在一位朋友家的汽車間裏。這間改裝過的「柏楊故居」，牆上有壁紙，下舖地毯，客廳與寫字間一起，凌亂中另有它的秩序。他常一面接電話，手上卻不停的寫稿，嘴上則煙白裊繞；小臥室是以高大的書架當牆，隔出一條甬道，一列長而齊整的廿五史，則是陪伴他九年牢獄光陰的精神糧食。

出獄後孑然一身，仍不改其「孜孜勤著述」這等本色的柏楊，生活裡瑣碎如洗衣之事，卻還得自己處理。張香華看在眼裡倍覺悽惻，她說：「那時，我實在忍不過去，只有趕緊將它搶來幫著洗。」漸漸地，她也幫他清除桌上的烟灰碟子，逗留在房裏幫他整理資料，並愛上了「汽車間」的一切。她想像中的「家」，就像那兒的感覺，並有令她深覺溫暖、安全的男主人的聲音。

如此認識雖未足一年，民國六十七年二月四日，她卻和他點了頭，自此，兩人才都不再做「苦絕的畸零人」了。

可是，歲差二十，又才離開長期監牢，更是一位「是非邊緣」的人物，要和這樣一個人生活一輩子，當然不只四方阻難抱疑，她自己亦多少有所顧慮，但是她說：「面對這樣有鬥志、極溫暖、富愛心而熱情豪放的一個人，如果他還走不出一條路來，那眞是只有說是老天想要滅絕這個世界了。」她知道自己或心存一點叛逆，但更多的應是對他的了解與信任。

●看書、討論和寫作是生活的重心

柏楊則以爲，婚姻好壞，多少與緣份、運氣有關，一見鍾情式的氣息相投是必要的，那是一種微妙而可靠的感覺，不必倚賴長時間的交往和認識，另外是兩人的性情或家庭如何，都有關係，很難一言蔽之。

和柏楊在一起，張香華覺得篤定而可靠，他們的相處則信奉「不准發脾氣，而是透過不斷的溝通，擧出事理，來解決衝突」的原則，這十年來，果然，意見相左是有的，但「連大喊一聲也不曾有過。」生活得很和諧而愉快。

夫婦兩人都以看書、討論學問和寫作，做爲生活的重心，柏楊說：「書桌是我最喜歡的地方，每一次坐到書桌前，我的心就特別寧靜。」張香華亦然。因此，他們的生活裏，遊山玩水、郊遊踏青的休閒活動，根本和看電影或聽音樂一類，皆屬奢侈難得之事。

但是，寫作其實是一件奧妙難解的工作，靈感不可恃，在柏楊來說，卻能佳作不斷，只是有時塗倦了，從書房踱出客廳，他會消遣自我地說：「我眞不想寫了，我想出去玩玩，悠悠閒閒，多好。」話才說完，他卻又踱回書房，繼續埋頭苦幹了。

而備受海內外文壇看重的「台灣知名女詩人」張香華，嫁給了柏楊，家事儘管並不繁重，但有大半的心力卻放在先生身上，她說：「他的脚步、節奏都相當快，跟著他生活，對於我原本習慣閒逸舒緩寫詩的心情自然有影響，可是眼界和歷練的世界也因之開闊了，在題材和內涵方面，這卻是個幫助。」

「柏楊版資治通鑑」共計有六十册，今春以降，他大約還要持續這項艱巨的工作整整兩年，看他每日每月如斯案牘勞形，當太太的自然甚爲不忍，「幸好他的健康狀況相當好，極少感冒不舒服，唯一較引人担憂的，則是他那一雙已經病了好幾年、卻仍得天天喫力閱讀寫字的眼睛。」注意凝視柏楊時，一對厚厚的鏡片背後，瞇弱的眼睛常令她看了感到難名的沈重。

「相形之下，倒是我自己的身體很糟。」張香華笑著說：「他老愛解嘲我說，天下所有的病都被妳生光了！」前些年，她的脊椎骨受傷，躺了一年；更早之前，在愛荷華訪問時，腰痛的病突然發作。「像這樣不僅沒能替他分憂，反而成爲他的負擔。」她有些難過地說。

●一對平易的世間夫妻

夜靜更深的夜晚，柏楊常會和張香華聊回他在「火燒島」上的日子：「潮音無盡，拍打得人寂寞孤絕；炎夏毒陽，囚室裡燠熱欲昏；一日三餐，小洞飯菜送來，邊吃邊覺歲月的漫長，晨起在槍刀背監下出外散步，不准彎腰，不准坐下，動不動又是一場喝斥……。」然而，這場夢也似的十年獄劫，都過去了。

當他從綠島回到台北，張香華曾好奇地問柏楊：「要多少時間，你才能重新適應這個睽別九年又二十六天的世界？」

他的答覆卻是斬釘截鐵的：步下飛機的剎那，就適應了。

跟在他身旁的這十年，較之他一人在另一個島上的十年，當然是天壤之別。她看著坐在沙發上略有倦容的柏楊說：「他的最大長處便是：極具彈性、忠厚，心胸開闊，並且永遠不斷在吸收與成長中。」

時間細走慢游地，從沙發上再起身告辭時，竟已半個下午過去了；遠眺烏來水庫鼓鼓如腹，躺在鬱青的山袍裡，微有山風，但無鳥驚聲。

如果無人特意來訪，這山裡的寓樓，眞似隱於煙嵐之上的神仙人家，而柏楊是誰？張香華又是誰？他們原來只不過是一對平易恩愛的世間夫妻吧！

比翼雙飛

朱西寧／劉慕沙

●**朱西寧**，本名朱青海，民國十六年生，山東臨朐人。曾任「新文藝」月刊主編、黎明文化公司總編輯、文化大學中文系兼任教授等職，目前專事寫作。著有短篇小說集「鐵漿」、「破曉時分」、「將軍令」、「黃梁夢」等，長篇小說「貓」、「畫夢集」、「春風不相識」、「八二三注」等，散文「朱西寧隨筆」，論評「日月常新花長生」等。曾獲聯合報小說獎特別貢獻獎。

●**劉慕沙**，本名劉惠美，民國二十四年生，台灣苗栗人。新竹女中高中畢業，曾任國小教師、「高縣青年」主編，目前專事寫作。曾獲台灣省婦女寫作協會徵文第二名，七十年獲聯合報「我的三十年」徵文佳作獎。著作有短篇小說集「春心」，日文譯作有「黑色喜馬拉雅山」、「雪鄉」、「芥川獎作品集」、「日本現代小說精選集」、「敦煌」等二十餘部。

下：民國六十九年三月二十九日，赴演唱會場前，攝於家中陽台，當時全家參加了三三合唱團。

上：二十年前朱西寧的全家福，朱家三千金，左起朱天衣、朱天文、朱天心。

上：朱西寧、劉慕沙攝於希臘帕特農神殿前。
下右：劉慕沙攝於以色列別示巴亞伯拉罕井。
下左：朱西寧攝於以色列馬賽達山下。

一部精采的小說

■李宗慈

他們說他們是「什麼都不一樣的」？

他好靜。她愛動。甚至對於冷、熱，他們的感覺也完全不同。

●目光如炬的煦煦儒者

「提起朱西寧，很容易使人想起日本的川端康成來，都是那麼乾乾瘦瘦的，都有對大眼睛，目光如炬，閃著智慧的光芒。對於文學的執著和寫作態度的嚴謹也一樣。川端的作品幾乎一色取材自大和民族，而朱西寧的小說故事也絕大多數發生在我國古老的大地上。……」

這是桑品載筆下的朱西寧。

生於一九二六年，原籍山東臨朐的朱西寧，確是如此。清癯、瘦削，一頭銀髮使他看起來比實際的年齡要老一些。

民國三十八年春，他和那一代的血性青年走上了同一條道路——棄學從軍。從上等學兵一直到上校退休。二十五年下來，誠如朱西寧的自嘲「雖乏武功，倒有文治——落得個不務正業。」其實這和他同代的許多小說家、詩人、畫家等都是同樣的光景。

在這二十餘年的軍旅生涯中，特殊的軍中環境造就了他們，他們的投入也提高了軍中的文藝水準。朱西寧的前三部長篇小說，和十部短篇小說集，便是在這個期間所經營完成的。

那時，朱西寧在南部軍中任職，適時，軍中的寫作風氣極盛，寫得較出名的，空軍有魏子雲、高陽等人；海軍有楊念慈、張默、洛夫和瘂弦等；而陸軍則要屬朱西寧、司馬中原和段彩華了。當時文藝圈裡只要提起「鳳山三劍客」，沒有人不知道是指朱西寧、段彩華和司馬中原。

●豐富的生命閱歷化為筆下文字

青少年時碰上對日抗戰，開始了流亡生活的朱西寧，曾浪跡蘇北、皖東、南京、上海等游擊區或淪陷區，他斷斷續續的讀書和工作，直到抗戰勝利，仍然半工半讀於京、滬、杭等地。而這份豐富的社會經驗與生活閱歷，對一個小說家而言，毋寧說是一筆最優渥的財富。

也因此，在朱西寧早期的作品中，我們讀到的多是國仇家恨，如「大火炬的愛」、「海燕」和「三人行」等。其中「海燕」描寫一個大時代的女性，如何在時代的大風暴中飛越祖國山川，及如何投奔自由的成長過程。文中藉由「海燕」象徵反抗暴力欺凌的意志，在民族流離的風雨中飛翔，十分感人。

民國四十九年，朱西寧舉家由南部搬到台北，不但生活天地擴大了，也豐富了他文學創作的領域。在那一段時間裡，他寫了許多膾炙人口的小說，如「狼」、「鐵漿」、「畫夢記」、「旱魃」及「破曉時分」。其中尤其以「狼」這篇兩萬多字的小說，引起文壇廣泛的注意和討論。

●立志為「八二三」留注

民國五十三年初，也是夏曆癸卯歲尾，朱西寧以國防部上校參謀的身份，奉派到苗栗縣致送元首一年一度的慰問信與慰問金給烈士遺族。從臘月初四到十一，他跑遍了十七個鄉鎮，發現名單中的烈士多為新故，其中陣亡於「八二三」之役者，約佔全縣三十多位烈士的一半。當他以慰問者的身份，向飾著黑紗的遺像敬禮時，一旁立著的家屬雖然哀傷，卻仍不忘頻頻感恩致謝。受著感動的朱西寧，便立下志願要為這些烈士的家屬及這些無名英雄們寫下值得紀念的文章。

朱西寧曾說：「我知一個作家生命所欲表達者，及其經由生活所已表現者，這期間永遠是一難以縮短的距離，亦即一個作家永不能注意自己作品的原因所在。」

也因此，在他開始蒐集有關「八二三炮戰」的文獻、資料，訪問曾在炮火中九死一生，識與不識的戰友間，他認為最難把握的，該是從最高指揮單位，一直到低層戰鬥兵士們，面臨這一場完全意外、突發戰爭中的「感覺」。這也就是說，小說素材不僅僅於知性的事實。更包括著感情的眞實。

他一次又一次地前往金門及其離島，用看、用聽，也用著身心去體會。他並且特別留意戰役的首夜，也就是當晚六時半至九時這一段時間裡，參與戰事官兵的心理狀況。

朱西寧是個內向、斯文而細緻的人，可是他的小說却常被人評為粗獷、豪放而壯麗。在文壇上，他一直是位創作嚴謹，以功力深厚見稱的小說家，尤其在寫「八二三注」時，他就曾經兩次將寫好的稿子毀棄。一次是寫至十一萬字時，他自覺結構不佳；另一次則是因為自覺觀點有狹隘短淺之嫌，所以在已寫就二十七萬餘言的心血之後，依舊不得不銷毀。

此外，朱西寧寫長篇小說的方式也和別的作家不同，他不是寫一段發表一段，而是全部寫完後，才交由報章或雜誌連載。他是這般重視文字工作，敬重文章事業，更愛惜自己得來不易的文壇盛名。像「八二三注」，自民國五十五年春起，直到六十四年才完成，全書共六十萬字，眞可算是「鉅作」。

問他最滿意的作品是什麼？朱西甯笑說：「作品就像自己的孩子一樣，讓父母少操心的孩子，父母多半會比較疼愛他。『畫夢記』和『鐵漿』這兩本書，我寫的時候覺得很順暢，因此比較偏愛。」

民國六十一年，朱西甯自軍中退役，在家專事寫作。二十餘年的軍旅生涯，朱西甯認爲是人生中難得的經驗。他說：「當時時間有限，創作慾望卻强。那時下班回來，往往寫到十二點多。二十多年，也有二十多本集子，反倒是退休後，雖然成爲時間的富翁，但產量却不如從前了。」

量少並不代表質差，近十年的深思，朱西甯頓悟到，寫作的神聖超越了年輕時的想像。如今更是謹愼的筆耕，「因爲作品是寫給神看的」，寫作成了敬神的儀式。

●豐厚小說的素材

俗語說：「君子大頭，小人大脚」，朱西甯以自己生就一顆「奇硬的大腦袋」，笑說「可比國際職業摔角名手金一的鐵頭功」呢！但說起文學，他可是這樣說的——「一個眞誠的小說家之誕生，不是父母兩造或上去幾代的祖先所能勝任的；應該是在盤古之世就已懷胎了。」

這就是朱西甯，如此强調一個文學家與他民族文化的血親關係。如若再追索他的小說生命的源頭，「至少可以說，他是來自一個擁有文學和藝術氣質極爲濃厚的家族。」他的祖父是個地道的讀書人，他的叔父曾根據希伯來文重譯一九三六年本「聖經」，並考據而完成串珠聖經、神學著作每多新獻，並繪製信徒家庭裝飾畫等掛飾。他的兄姊、或辦報、或寫作、或從事繪畫、業餘戲劇、或玩樂器。這些遺傳和熏陶，加之他自己的習畫、學音樂，都是孕育和豐厚他小說生命的重要因子。

在早期，他曾爲自己的小說畫插圖，如「秋風秋雨愁煞人」、「碾房之夜」等，又曾以「永在第一線」進行曲獲中華文獎會佳作獎。而且在他正式學畫之前，便已在南京的「新都」「國民」兩家戲院担任廣告師，繪畫巨幅的電影海報。後來不再彈此調，則完全在當兵以後。看朱西寧家中的藏書，少部分是朋友贈送的，絕大多數還是自己的選購。並且，自年輕時，他就養成了領一筆稿費買一本書的習慣。目前，他的藏書分日文書籍、中國古典文學和近代文學三大類。他致力於文化尋根，每天都在日記中記錄讀書進度。「那種自我要求，才不會使自己在輕忽中退步。」

近年來，朱西寧更不遺餘才的致力於紅學的研究，同時，他也積極蒐集「紅樓夢」的各種版本。此外，他也喜歡閱讀植物、花卉和莊稼等一些比較冷僻的書。如世界書局出版的「古諺謠」上下兩册，另外如敍述過去農作實況的「奇門要述」也是他收藏的範圍。

●整個家族所愛的「張愛玲」

談起文學，朱家的大大小小，便不得不說到張愛玲，更何況，「在台灣，曾經有一個小兵，在從軍時的背包裡，只裝著僅僅的一本書，那便是張愛玲的『傳奇』。」

早在大陸的朱家，便已經是一家徹底的「張迷」——「屬於愛玲的一些趣味的軼事，也在我們一度團圓的家族中被神話一樣的傳說著，若和二叔家合在一起，雁行排到七弟、十一妹，加上繁衍的第二代，夠編成一個加强排。把這麼些『張迷』派出去做搜索兵，所有張愛玲的軼事敢情是漏不掉一樁的。」

他又說：

「抗戰勝利後，張愛玲便成了我們整個家族所愛的一個密友，即使尚在小學讀書的侄輩甥輩們，也都把張玲在戰後再版的『傳奇』和『流言』兩本專集爭來奪去。那兩本書已經成爲孩子們磨牙吵嘴的『巴爾幹島』。也許主要的是沒有誰會在看過一遍就可以放下，才顯得這兩本書的讀者是那樣的擁擠。」

他以爲，五四以來的新文學小說，誰也沒有張愛玲作品中那樣純純粹粹的中國。

「張愛玲給了我小說的啓蒙，而也在我學畫之前，給了我許多躍越的觀念，她也幫助我許多對於現代詩的欣賞。使我獲致不易得到的信賴。至於後期的提升，豈只是啓蒙而已。」

至於日本女作家曾野綾子，則被他喻爲「日本的張愛玲」雅稱的唯一作家。尤其是曾野綾子，在作品中所表現出來的才情與氣質，更爲朱西寧所推崇。

這種愛屋及烏的文學感情，也影響著朱媽媽對於曾野綾子作品的喜愛，並且特別翻譯她的作品。

●傳奇的故事

有人說，朱西寧與劉慕沙的家庭生活，很像一篇哲理小品，風格清新，可讀性高，總讓人愛不擇手。他們的結合，始於一個傳奇的故事，又恰似一本章回小說。

話說還在杭州藝專唸書的朱西寧，有一個非常要好的女朋友，只因爲大陸淪陷，和女友失去了連絡。據說朱西寧每天都在日記中對這位女友互道早安晚安，以表懷念之情。直到有一天，他在報上看到介紹新竹女高網球雙打冠軍的兩位女選手，一位是劉慕沙，一位恰正好和他杭州的女朋友同名同姓叫劉玉蘭，而杭州的劉玉蘭也是位網球高手。在半信半疑，又帶著點驚喜的心情下，朱西寧寫了一封文情並茂的信函，寄給「劉玉蘭」。當然，她並不是那個「她」。

只是在接到這封來自鳳山寄來的陌生人朱西寧的信後，一起看信的劉慕沙慫恿著劉玉蘭回信，只是玉蘭的興緻不大，就由文筆不錯的劉慕沙捉刀代筆。也因此創造了這個傳奇故事的開始。

接到回函的朱西寧，雖然悵惘於不是南京的劉玉蘭，但却又被回函信中清麗的文筆所吸引，很自然的展開了一段魚雁往返的交往。直到朱西寧來看這位雙打冠軍之一的「女筆友」，却發現有另一位雙打冠軍的劉慕沙陪同，並且幾經交談，很快的便知道眞正提筆答信的是劉慕沙，而非劉玉蘭。一則戀愛故事就像高潮迭起的電影般，赫然掀翻著朱西寧那顆年少而熱情的心。

至於劉慕沙呢？這位苗栗銅鑼鄉下，父親是醫生的望族家庭中的女兒，面對這段「愛情」，更尤其朱西寧，這位外省人，她深知不合家中門當戶對的觀念，何況他還是一位道道地地的窮大兵！

「從小我就是一個沒有主見的孩子。在外祖母和三位舅舅們的嬌寵下，更使我變成事事依賴的個性。一直到回到父母親的跟前，那種過於嚴厲的管教，却又把我變成一個優柔寡斷的怯儒虫。那時的我，似乎從來不曾痛快的表達過自己的意見。」

只是，當家裡不斷有人來提親時，劉慕沙必須不得不面臨抉擇，在再三的考慮下，她選擇了離家投奔所愛的人。才高中畢業的劉慕沙，告訴家人說要去比賽網球，行囊中只帶著朱西寧寫給她的信，一些他喜愛的樂譜，另外是三、四件學生制服，便一路跑到鳳山，成爲「朱太太」。

●胼手胝足的甜蜜與辛酸

三十年前的軍人生活是十分清苦的。新婚之夜，劉慕沙環顧斗室，除了一張朋友送的竹床和一床紫紅緞面的棉被之外，什麼家具也沒有。唯一的飯桌還是砲彈箱改裝的。除了這些，只有一份不受法律保護又不能換取麵包的愛情。

這種甜蜜而苦難的生活過了兩個月，一晚，銅鑼鄉來了好些人，把才洗完澡的劉慕沙不由分說的帶走了。當朱西甯下班回來，已經是人去樓空，只有那盆洗澡水還盪在水盆裡，冷清清地。對著那盆水，朱西甯哭了，他好像沒有把握再擁有他的愛妻了，竟在哭泣之中，找了瓶子裝了滿滿的一瓶劉慕沙的洗澡水，準備當永久的紀念。

後來，劉慕沙的父母在鳳山的法院控告朱西甯，開庭那天，劉慕沙的父母第一次見著朱西甯，他默默地悲苦地坐著，那種靜默、誠懇和溫和的神態，引得劉父不自禁地走過去和他交談，才談不久，劉爸爸就對著大家嚷著：「不告了！不告了！肚子餓了，去吃麵吧！」

從「吃麵」後，劉家這位女婿就慢慢受到劉家上下的喜愛。尤其是劉媽媽，最疼這位在法院裡認來的女婿，她曉得朱西甯喜歡吃鷄鴨的翅膀、脚爪，每次殺鷄殺鴨時，總是把翅膀、脚爪留下，掛在屋脊樑上，不多時就託人從銅鑼帶去給朱西甯吃。

雖然受到娘家的接納，但身爲軍眷的清苦却是一則不變的事實。朱家的大女兒天文，即曾經在一篇文章中這樣描寫著：

「……父親軍職北調，全家搬到了桃園僑愛新村，一院、一廳、一房，廚房是自家搭建的。至今我還記得下雨天母親戴著斗笠在廚房炒菜，紅樸樸的好圓好圓的臉呀。唱著歌，沙拉沙拉的炒菜聲，把綿綿的梅雨天氣都給炒亮了。」

就是這樣短短幾句回憶的話，將生活的苦與樂，描繪得淋漓盡致。

劉慕沙自己也曾這樣寫著：

「那當兒，彩華（段彩華）每日必來，來了就磨挲他那雙唧唧作響的皮靴逗弄我們那隻狐狸前前後後的掏弄，渴望從靴子底下拖出一隻老鼠來。……嚼著聊著，從捷克倫敦到張愛玲，從下一部小說的架構到前往大西北墾荒的夢想……不等漫天的夢織完、堅韌的愛情餅早已把兩邊的顎骨嚼酸啦。天氣好的時候，我們就在院子裡跳繩，要不就到附近的果園裡去散步，或是由他們倆扶著我學單車，又鬧又笑如同三個大頑童。」

●日文的基礎練就成翻譯高手

劉慕沙少女時代就寫過文章，民國四十三年，她曾以一篇「沒有砲戰的日子裡」，獲得婦女寫作協會徵文的第二獎，也還曾出過一本短篇小說集「春心」。只是因為主婦生活的瑣碎，終日忙家務、忙孩子，沒有完整的時間投入寫作，但又無法忘情於寫作，就想到不受時間分割影響的翻譯。

當然，小時候曾經受過的四年日本教育，以及兩位留學日本的舅舅，常常寄給她日本故事書，因而在少年時期，即奠定她在日本語文上的根基。每天早起後三、四千字固定的譯稿，像學生做功課般，沒有中斷。翻譯完，再回頭做家事，而朱家父女，還尚在睡夢中！劉慕沙說：「翻譯水準高的作品，是一種挑戰，同時能感受到一種類似創作的喜悅，所以翻譯純文學作品要比翻譯通俗作品來得過癮得多。」

在劉慕沙衆多的譯作中，較具代表性的有「芥川獎作品選集」、「日本現代小說選」及「安部公房作品集」等，她一直希望，能有系統地翻譯作品，協助讀者對日本文壇整體的瞭解與認識。

●全家視寫作爲快樂的事

朱西寧是個典型的夜貓子，近午才起床，先寫幾百字，作爲一天寫作的開始，然後是下午寫、晚上寫、半夜也寫。儼然是個在稿紙上背負十字架的基督徒。

他也愛讀書，認為自己需要讀書，所以沒有一日停止過讀書。通常早上他閱讀較嚴肅的書，如中國經典類的書；晚上或精神較差的時候，則看一些雜書。

對於三位女兒的文學「事業」，朱西甯只用「很高興」說：「我並不是因為有女兒可以傳衣缽，或是她們在文壇上稍有一點成就，而沾沾自喜；我高興的是，她們都把寫作當成一件快樂的事，這才是值得欣慰的。」

●「方舟」日月長

朱西甯曾說：「我本基督教世家的子弟，信仰自是先天的入骨。」這位大家族中第三代第十九位基督徒的朱西甯，對於排名第三十一位的朱媽媽，可就「資深」很多。無怪乎朱媽媽常愛說：「他始終是一副使人信賴的笑容。」

問他們是什麼力量，使他們相持至今，他們總說：「那是上帝、愛心，以及對一切信任的結果。」

可是劉慕沙曾經寫過的一篇文章，卻說的更好。那篇題為「家的多樣性」，其中這樣說著：「家，可以是枷鎖、是牢獄、也可以是樂園、是人生的避風港，但無論如何，家可以說是個人的私人領域、一小撮合夥人的『方舟』。」

比翼雙飛

畢珍／姚姮

●**畢珍**，本名李士偉，民國十八年生，安徽人。曾任商工日報副總編輯、中國時報副刊主編、自立晚報撰述委員等職，現任中國時報撰述委員，作品以長篇小說、歷史小說居多，著有「魔豆」、「古樹下」、「貝妃」、「淚湖夢影」、「心弦」、「安婷姑娘」、「李莊李家」、「幽幽那心」、「明日新娘」、「奇皇后傳」、「深宮怨恨」、「清幫大爺」等八十餘部。

●**姚姮**，本名徐月桂，民國二十六年生，台中市人。曾任民聲日報助理編輯、商工日報副刊編輯。著有長篇小說「弱女」，短篇小說「我沒有哭」。譯作有「女孩的約會」、「臥榻上的女客」、「希區考克緊張小說選」、「希區考克離奇小說選」、「大學生之死」、「最低賤的職業」、「骷髏頭」、「遙控殺手」、「推理小說選」等六十餘部。

上：畢珍、姚姮二十幾年前的全家福。
下：談戀愛時畢珍、姚姮同遊高雄。

上：女兒畢業典禮，攝於政大校園。
下：畢珍、姚姮與一兒一女。

■游淑靜

共嚐喜怒哀樂二十年

一個斯文內斂、沈默寡言的書生，娶到一個熱忱開放、笑口常開的娘子——書生是仁者默默的青山，娘子是智者淙淙的流水—因有青山，流水憑仗有依；因有流水，青山盎然有情，而這一幅山水知音諧趣圖，正是由畢珍、姚姮二人所刻劃與描繪。

●今之古人

畢珍、姚姮這對夫妻檔在文藝圈不算很「活躍」，他們習慣獨來獨往，也沒有參加任何寫作團體，然而雖沒有相識滿天下，卻是知音有數人。

熟悉畢珍的朋友，都知道畢珍是個現代古人，喜歡埋在書堆中，與古人神交，悠遊天表；「讀古書、立高言」是他一生的理想，因此，一干閒雜事等，皆沾不上他的心頭，連誘人的旅遊、觀光、看電影，他也聞風不動，他心中早有萬丈丘壑，豈在乎這有形的山山水水？

但畢珍一個人活在出世的世界，妻子卻無法跟進，姚姮必須躍入紅塵，爲俗事奔忙，而且得爲畢珍償還他那份未入世的債—諸如：代表畢珍參加喜慶宴會、遠赴美國探望在學的女兒、爲出國的媳婦打點衣裳，…凡此種種，除了錢是畢珍準備的外，其餘一概由姚姮全權負責，有時做妻子細想起來，心中也好不寂寞，覺得肩頭的担子好重，不知何時才能卸下來，讓自己喘口氣。

好不容易，姚姮決定出國觀光，給自己一點報酬，畢珍卻毫無同行之意，除了以金錢表示贊成外，他喜歡的只有古書，爲此，姚姮不知在天涯海角，呑下多少行單影孤的旅人淚，「聖人的老婆是寂寞的」，爲什麼自己的丈夫如此「不識情趣」？

對於妻子這樣的抱怨，畢珍只有俯首認罪，無話可說，可是他實在生性不善交際，對於花花世界也無好感，叫他怎麼辦呢？所以他只有以忠誠及努力，來彌補對妻子的愧欠，他這一生可從沒有出過軌噉！

●近水樓台

如此兩個極端的人，會結爲連理，這得拜近水樓台之賜。

三十年前，畢珍服務於台中民聲日報，當時姚姮也在該報資料室工作，姚姮是台中本地人，雖然年紀輕輕，但在唸台中女中時，即開始投稿寫作，因此，已算是一名文藝界的尖兵。當時年近三十的畢珍，看到姚姮這麼一個年輕女孩，頗有寫作天分，難免要擺點老大哥的身分，以老編的口吻來鼓勵姚姮，而且還藉著爲姚姮改稿，爲自己製造不少機會，如此以文會友的結果，情愫逐漸產生，年方二十二歲的姚姮，便決定將終身託付給這個唐山過台灣、身無分文的窮書生了。

姚姮的父親是鐵工廠老闆，家境不錯，他一直希望姚姮將來也嫁個什麼小老板，天天坐在家中打算盤、數鈔票，因此對姚姮會搖筆桿、爬格子並不鼓勵，有時還舉起拳頭，在頭上來得「五斤錘」。

姚姮的母親是繼母，姚姮記得在台中女中高中畢業典禮的當天早上，別的同學都在炫耀父母給她們添什麼首飾、衣服、手錶做紀念，只有她，從一早就開始洗全家衣服，直到時間快到了，才匆匆忙忙趕去參加，因此，她很清楚：如果自己出嫁，父母是不會給她嫁妝的，沒有嫁妝，嫁給本省人會受歧視，思來想去，只有嫁給畢珍最恰當，何況兩人有共同的志趣。

繼母一聽姚姮要嫁畢珍，對姚姮說：妳要嫁給那個乞丐（記者與乞丐閩南語音同），我一毛也不給。姚姮點點頭。那妳不准哭，以後沒錢不准到家門口。姚姮點點頭。妳怨不怨？姚姮搖搖頭。

於是這個滿腹經論的富家女，一毛嫁妝也沒有地出嫁了。由於姚父揚言：誰爲女兒證婚，就要把誰殺了，因此，這對新人沒有任何親戚的祝福，帶著戰戰兢兢的心情，請幾個朋友在結婚書上蓋個章，以一種生死相許的豪情，完成一生的大事，沒有任何儀式，遑論鋪張。

說到這兒，個性豪爽的姚姮也不禁悲從中來，頗有往事不堪回味之憾。

●胼手胝足

剛結婚時，兩人租了一間八個榻榻米大的房子，上洗手間要翻牆，用水要下樓提，但新婚的喜悅走以遮掩一切的貧苦，當時他們夫妻二人的薪水，加起來約有千把元，再加上稿費，生活還算過得去。

可是畢珍這個人樂喜好施，只要朋友有難，他絕對捨己救人。姚姮記得：當時有好多畢珍的同鄉常來借貸，有時是幾包香煙的小錢，有時是數以千計的大錢，每次畢珍問她：家裡有多少錢？在姚姮據實以告後，畢珍總是毫不猶豫地借錢給朋友，有一百給八十，有一千給九百，事後他從來沒有去要過債，那些朋友也從未還過錢。

有一次，一位朋友失業在家，畢珍知道後，告訴姚姮：現在快過年了，妳買些魚、肉去給朋友過個年吧。姚姮柔順地照著做，來到朋友家，人家在睡午覺，她不好意思吵別人，把魚肉悄悄放在門口，便回家了，那年他們的年夜飯是蕃茄炒雞蛋，卻送朋友吃大魚大肉。

就因畢珍這種個性，因此婚後一連九年，小孩從未在新年買過新衣，小孩從未拿過別人一毛壓歲錢，所有同鄉也因此送給畢珍一個「小孟嘗」的雅號。

●人飢己飢

聽姚姮這麼講，畢珍有些赧然，他說：這些朋友不是故意的，當時大家眞的都很窮，眞的連包香煙錢都沒有，而且我不是只顧朋友，不顧妻兒，實在是因爲我以前也受過朋友恩惠，所以更覺得應該：受之於人，施之於人。他說：初到台灣時，他來參加青年預備軍官訓練，成績極好，可惜身體太瘦不合格，既當不成軍官，也不想在軍中當小兵，便以身體有病爲由，離開軍旅。

成了無業遊民後，有一天在報上看到一則組安徽同鄉會的廣告，署名者是以前的一位鄉長，畢珍腦筋一動，即刻修書一封，寄給鄉長，告知對方自己目前的情況。沒多久，那位鄉長來找他，告訴他要去高雄辦報，問畢珍願不願意同行。

畢珍回想在安徽老家時，他曾在復興日報投稿、當編輯，現在有機會回老本行，心中自是欣喜，於是滿懷壯志地來到高雄延平日報社。

當時生活水準低，一分報要六毛，發行量少，廣告也少，因此，沒多久，報社已發不出薪水，隨即關門大吉，同事皆各奔前程，作鳥獸散。

這時，畢珍北上，來台北應徵過幾個工友缺，竟然沒人要，方苦於落魄江湖，無容身之處時，又遇到一個老鄉長，也是一個老報人，他慈悲地收留了畢珍，供畢珍免費在家吃住，畢珍則爲他做點燒水、生火之類的雜事。此時，恰逢台北市政府衛生院在招考衛生稽查隊員，畢珍前去報考，可惜未錄取，後來在錄取的二十人中，僅有十八人前去報到受訓，候補的畢珍因此得以幸運上榜，而且在受訓期間，以第一名畢業；由於他表現優異，遂留在衛生院，任院長的秘書兼新聞發言人，每次發布新聞，從擬稿、刻印，到發送，他都一路包辦，不必假手他人。

兩年後，由於民聲日報缺編輯，他又覺公務員終不是他永遠的志趣，遂毅然揮別台北，又投身到台中的民聲日報。

由於有過去這些故事，因此，對於一時落難，時運不濟的人，他都能毅然伸出援手，試想：當年如果沒有那些鄉長，他說不定要客死他鄉？而今天，只要他能站得住脚，他又怎能不「人飢己飢，人溺己溺」？

●甘苦與共

聽畢珍這麼說，姚姮不禁道：

他就是這麼一個克己厚人的人，有時會急得令你生氣。你知道嗎？我和他結婚時，他只有四十多公斤卻身高一百七十多公分，當時我傻傻地，也沒有懷疑什麼，直到女兒出世，畢珍出車禍，一照X光，才知道畢珍有肺結核及心臟腫大；他這個病一半要怪自己，我記得和他交往時，有一次我去他住處，看他只吃饅頭辣椒醬，自己省吃儉用，卻把大筆錢借給朋友，我多說也無益，只好買兩瓶克寧奶粉送他，請他多注意營養。

知道他有肺結核後，姚姮每天早晨爲他沖雞蛋牛奶，注意他的飲食，漸漸他肺結核竟好了，現在的畢珍不僅百病全消，而且身體健朗，倒是姚姮，原本健康的小女孩，經過生兒育女，家務操勞，三十年下來，深深為病所苦，現在連抬手執筆寫作，都會發抖，倍覺困難，因此，她已興起停筆的念頭，不像畢珍，胸有大志，還有洋洋洒洒數十萬言尚在心中醞釀。

對於一旁滔滔不絕、如數家珍的妻子，畢珍只有頻頻點頭，說「她很好，她很好。」而就這一個好字，已一切盡在不言中，想當年他一無所有，姚姮卻慧眼視英雄，不僅給他一個舒適的家，也給他一對乖巧的兒女，他怎能不好生感謝？

●一介不取

聽畢珍頻頻說好，姚姮卻給畢珍一個又不依又愛嗔的白眼：他是好兒子、好哥哥、好朋友、好爸爸、好公公、好老師，可就不是一個好丈夫。

此話怎講？

他對朋友「樂喜好施，捨己助人」，寧可自己啃饅頭，卻借錢給朋友抽煙看電影，這是大家有目共睹的；對於兒女、媳婦也是如此，事事為他們的前途著想，不論他們在國內、國外，只要自己有能力，絕對供應他們足夠的金錢，讓他們安心讀書，自己卻絲毫不望回報。

晚上畢珍在中國時報上班，手下有幾個部屬，畢珍對他們愛護備至，不僅教他們如何做標題，教他們多看古典文學，甚至還買一大堆唐宋詩詞送給他們，請他們背唐詩，因此每年教師節、聖誕節，學生都會寄給他卡片，內文均真摯溫馨，充滿感激：

「在您的身邊學編報，給我的感覺，就像卡片上寫的，每一天都是我的豐收季，如果中國也有感恩節，我想最適當的日子，應該就是教師節。」

部屬如此愛戴他，難免會在逢年過節，帶一點「束脩」來探望，但畢珍一聽是他們的聲音，馬上說：我們要出門了，請你們回去。

萬一有學生已經來到家門口，不得不接待，第二天，畢珍一定買更豐盛的禮物送給他們，所謂：施比受有福，何況他們只是後生晚輩？

有一次，學生帶了一點禮物來，正巧姚姮甫從國外觀光返國，她選半天，就把唯一一個義大利粉盒送給學生，畢珍不識貨，一看便說：怎麼拿這種小東西而送人家？

學生趕緊回話：李老師，這是高級品，在台灣一個要賣一千多的。畢珍聽了才不說話。姚姮因此很委屈地說：你看，我和他患難夫妻三十年，他事事都以別人做第一位，一點不懂體貼我，只會要求我，是不是叫人傷心？

對父母，畢珍也是孝子，自從民國五十五年，和老家母親聯絡上後，他便每年寄錢，一千數百美金不等，數十年如一日，而且給的不只是母親，連弟弟、妹妹他都一概照顧。

前九年，政府開放赴香港觀光，畢珍思親情切，特別跑到香港，和母親弟弟會面，這是他平生第一次也是唯一的一次出國。姚姮敍述說：當畢珍和母親在香港旅館見面時，兩人相擁而哭，互訴情懷，倒讓一旁的姚姮(妻子兼媳婦)，一時間成了多餘的人，不知要做什麼好。

最讓人難過的是；他母親從安徽一路舟車勞頓，來到香港(路上行程約莫有一星期)，身上穿的衣服不僅破舊不堪，還因衞生設備不全，盥洗不便，而有一種怪臭味(他母親身上夾帶數千元人民幣，是個小富婆，但一點也捨不得丟那些舊衣服)，因此，姚姮一見面，便爲婆婆、小叔先行「洗衣禮」，克盡婦道，她說光是她婆婆的褲子，裡裡外外就穿了七條，其餘更別說了。

由於她婆婆腳部受傷，行動不便，出入旅館時，年近七十的畢珍，毫不猶豫就背起母親，一點也不在乎旁人異樣的眼光。而為了讓他們母子多敘天倫，所有的採購任務均由姚姮負責，連吃的食物都是由姚姮買回旅館，用電鍋煮給婆婆吃，以免旅館的食物太生硬，老人家無法下嚥。

一個禮拜下來，諸多的疲累奔波，把原本身體不佳的姚姮又病倒了，好幾次都頭痛欲裂，動彈不得，生不如死。

而粗心的畢珍，竟不知妻子身體情況不妙，還誤會她是不喜歡婆婆，故作病態，直到回來台灣，姚姮子宮大量出血，開刀取出腫瘤，才知道妻子眞是有病，所謂「千錯萬錯都是我的錯，還請娘子息怒」。然而這個事件可讓姚姮傷心透了，在畢珍的心目中，全世界的人都是第一位，只有她是第二位。

話雖這麼說，口中不時埋怨，但從姚姮有愛有讚賞的眼中，我們知道：她是很以丈夫為榮的，畢珍一生一介不取、苛己厚人，有丈夫如此，夫復何怨？只不過她希望畢珍能多關心她一些就是了。

●老來相伴

三十年，將近半個世紀的時光過去了，以前他們為了賺點稿費，兩人不眠不休，姚姮寫，畢珍改；畢珍寫，姚姮改；那怕只是三十元、五十元，他們也珍惜地把錢存起來，作為未來購屋的基金。

為了要帶孩子，他們特別把上班時錯開，誰在家，誰就燒飯帶小孩，不分妻子丈夫白天黑夜，如此辛勞耕耘，本來已存了不少錢，誰知姚姮父親生意失敗，姚姮只好把六、七萬的積蓄寄回娘家，等到父親生意好轉，竟沒有把錢還女兒的意思，為此，姚姮不知流了多少怨嘆的眼淚，幸而，畢珍寬宏大量，錢財本就生不帶來，死不帶去，留得青山在不怕沒柴燒？

雖然夫妻同是筆耕者，但在備嚐寫作艱辛後，他們不敢鼓勵兒女也走他們的老路；所幸天可憐見，兒女皆學有專長，兒子學經濟，女兒學會計，目前皆在美國就業。

「兒女會出國，也是畢珍鼓勵的，本來兒子在國泰機構，待遇非常好，但畢珍說：年輕人應該出外闖闖，不要太容易滿足……。」

聽太太這麼說，畢珍忙解釋道：誰都是愛兒女的，那個父母不希望兒女能在身邊，但我細想；當年在安徽老家，有位鄉長要我給他當秘書，我執意不肯，一定要出外自己闖天下，所以我今天能過富足自由的生活，能奉養母親、弟妹，若非如此，我可能也跟我弟弟一樣，就做一個農夫，甚至被鬥爭勞改而死……。」

因此，「男兒志在四方」成了畢珍給兒女的箴言，而隱藏在畢珍心中的父愛，也早已是犧牲、而不是佔有，是割捨、而不是執著……。

如今兩老生活平淡，爲了聊慰寂寥，姚姮養了一隻日本名犬(狆)煞是聰明伶俐，愛嬌泥人，夫妻倆整日爲牠奔忙，忽而要抱抱，忽而要蹓躂，忽而要餵食，忽而要洗澡，恍惚中，時光似乎又倒流到胼手胝足的三十年前，而細數過去的一萬多個日子，多少酸甜苦辣，喜怒哀樂，早已成了深刻在兩人心中，不可磨滅的印記—問世間情是何物，直教生死相許。

比翼雙飛

畢加／朶思

●**畢加**，本名周澤煌，民國十六年生，貴州人。在大陸中學時期即開始寫詩，曾任昆明和平日報副刊編輯、「當代文藝」主編，作品曾被選入「中國現代詩選」、菲律賓「詩潮」等。

●**朶思**，本名周翠卿，民國二十八年生，嘉義市人。曾獲中華日報徵文小說獎，新文藝徵文詩歌第二名。著有長篇小說「不是荒徑」，小說集「紫紗巾和花」、「一盤暮色」，散文「斜月遲遲」、「驚悟」，詩集「側影」。

下：畢加、朵思的全家福。

上右：民國五十年畢加、朵思與長子。

上左：民國六十年畢加、朵思攝於景美。

上：與詩人合影，左起瘂弦、趙天儀、朵思、林佛兒、喬林。

下左：左起彩羽、張默、畢加、夏楚。

下右：畢加與朵思。

始乎情而終乎義

■游淑靜

服侍一個中風六年的丈夫，即使自己從未享過一天福，即使丈夫今日已相見不相識，但既爲夫妻，就不能輕言背棄，這是朶思近三十年的婚姻觀——

朶思出生於嘉義市，父親、哥哥都是醫生，身爲老么的她，原本父親也希望她繼承衣鉢，無奈朶思獨爲異數，對醫生這一行了無興趣，反而熱愛文藝，對文學充滿了憧憬。

民國三十四年，台灣光復，朶思進入國小就讀，成了第一屆接受國語教育的孩童，因此，對於國字的運用，她不像一些老作家，有台語、日語的包袱，文字的純熟加上天分，使她在小小的初中二年級，即發表第一篇小說於公論報，可謂英雄出少年。

民國四十六年，她投稿高雄「當代文藝」，此時該刊主編恰是畢加（艾江），基於同是文藝愛好者，兩人不知不覺魚雁往返，暢論文學，此時的朶思，已是個情竇初開的高中畢業生了。

然而，朶思的父親是個保守、固執的人，他心目中的女婿，也應該是個醫生，而且他一直在積極物色人選，當他知道朶思正和一個軍職的窮作家交往時，他不僅極力反對，甚且還用強硬的手段，把責難與鞭打，加諸朶思身上。

「父親這麼做，當然是出於愛，但我當時正値反叛年齡，個性也倔，父親越强硬，我越要反抗，如果當時父親能善加開導，我未必不會聽父親勸。……」

因此，朵思背著父親，暗地與畢加交往，到民國四十七年，朵思二十二歲，已經成年了，她遂毅然嫁給只見過一次面，年齡大她十二歲，只有書信來往，對他還一無所知的畢加。

這麼做，當然更不能得到父親的諒解，爲此，她父親明言：兩人斷絕父女關係，爲此，朵思還在切結書上簽名蓋章，同意將來不拿父親分文遺產。

「其實我當時還不懂什麼是眞正的愛，我只是被打怕了，急於逃離這樣的環境，婚後才發覺：文字上表現的人，與生活上眞實的人，有很大的距離。」

回憶過往，朵思不禁神色黯然；然而時光無法倒流，她的父母已經去世，一切也已成不變的事實。

婚後，朵思與畢加住在左營，與瘂弦、張默、張放等人成爲鄰居，由於經常與文友相聚，長期耳濡目染，使她更能了解文藝的面貌，究竟而有助於寫作。

「當時雖然物質生活很貧乏，但大家普遍都窮，也就不以爲苦，而且年紀輕，有了文藝，似乎就可忘掉現實的一切煩惱。」

不久，朵思有孕，由於害喜害得太厲害，不得不辭去工作，當時上尉官階的畢加，月薪只有三五〇元(以前朵思從父親領來的零用錢，一個月就有三百元)，巧婦難爲無米之炊，她眞不知如何是好。

幸而母親總是愛女兒的，她雖與父親斷絕父女關係，但母親却暗中伸出援手，每個月接濟她生活費，這個難關總算撐過去。

俗云：「天無絕人之路」。不久，朵思與皇冠簽訂合約，只要稿子寄去，即可先拿稿費，從此，稿費成了家計的重要來源，在畢加一個月拿七百多元月薪時，朵思一個月可拿一千五百元的稿費，因此，當三個孩子先後呱呱落地，朵思乾脆把孩子送去托兒所，專事寫作。

民國六十年，畢加自軍中退役，準備用退休金從商，於是舉家遷居台北，但文人做生意，談何容易？在不懂行情又人生地不熟的情境下，不僅退休金全部泡湯，連朵思的親戚，也被牽累，夫妻倆債台高築，羞於見人。

此時，朵思的父親要朵思離婚，說一個女人家，怎能扛這麼多債務？

但朵思想：畢加正陷困境，如果這時拂袖而去，豈不絕情絕義？她萬萬不能這麼做，於是她咬緊牙關，把一連串灰色的日子給捱過去，心中並苦苦期待，黑夜之後，黎明的到來。

而畢加呢？老朋友都知道他沈默寡言，忠厚誠懇，只是文人性格的他，只知每月把錢交給太太，至於夠不夠，他從來不管，有這這種丈夫，做妻子的當然倍極辛勞。

經商失敗後，畢加任職綜合月刋，誰知，眞正的不幸，此時又悄悄走近她的家門，在綜合月刋停刋後不久，畢加不幸中風，雖然二十多萬的醫藥費，均由國家負担（榮民），但却留給畢加一個殘缺的軀殼（後天癲癇，坐輪椅，無法言語）。他常常把藥藏起來不吃，以致神智不清，無理取鬧——任意謾罵，把尿潑在朵思身上，坐著輪椅從背後打朵思，甚至還拿刀……，妄想症使他把朵思視爲仇人，他已認不清朵思是他數十年的患難妻子……。

然而，他畢竟是一個病人，你能怨天尤人嗎？

六年了，六年來，朵思一直在畢加身邊，善盡人妻之道，雖然也曾不知所措，惶恐不安；雖然也曾淚灑千行，暗自悔恨，但良知總是戰勝她的脆弱，她要忍耐；尤其當兒女因父親的重病拖累，紛紛想離開這個愁苦又不寧靜的家，以免影響工作時，朵思的母愛高高升起，她點點頭：兒女有兒女的天地，丈夫的病痛就由她一個人來承担吧！

年輕的婚姻，雖然未必始於眞愛；坎坷的歲月，雖然令青絲成霜，但朵思讓我們看到一幅中國婦女的畫像——對婚姻的刻苦堅貞，以情始，也以義終。

比翼雙飛

羅門／蓉子

●羅門，本名韓仁存，民國十七年生，海南文昌人。國際詩人協會榮譽會員，「藍星」詩社社長。曾任中國新詩學會常務理監事，文藝協會創作班班主任。曾兩度獲菲總統馬可仕金牌獎。七十六年獲教育部長頒發詩教獎。著有詩集「曙光」、「第九日的底流」、「死亡之塔」、「隱形的椅子」、「日月的行踪」、「羅門編年選」、「整個世界停止呼吸在起跑線上」等。論文集「現代人的悲劇精神與現代詩人」、「心靈訪問記」、「長期受審判的人」、「時空的廻響」等四種。

●蓉子，本名王蓉芷，英國赫爾國際學院榮譽人文碩士，獲一九七五年國際婦女文學獎，菲律賓總統馬可仕金牌獎、國家文藝獎。現爲中國婦女寫作協會和中國青年寫作協會常務理事。著有詩集「青鳥集」、「七月的南方」、「蓉子詩抄」、「童話城」、「這一站不到神話」等多部，散文集「歐遊手記」。

上：民國五十一年時的羅門、蓉子。
下：民國七十七年元月夫婦倆應邀赴菲。

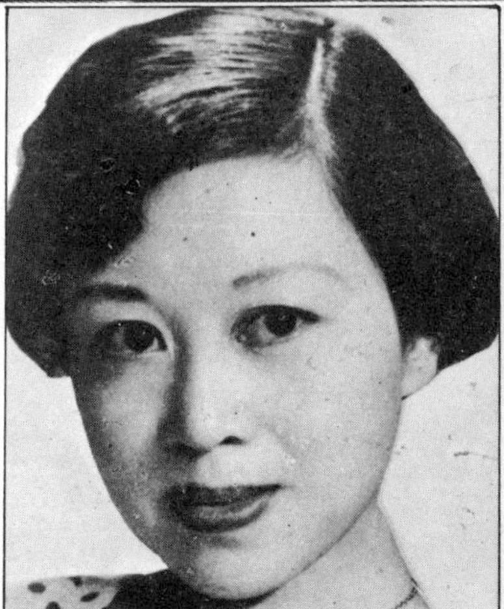

上：羅門、蓉子民國六十四年攝於他們的燈屋。

下右：羅門攝於民國四十三年，也是那年認識蓉子。

下左：民國四十三年時的蓉子。

容貌別緻的家庭風景

●江兒

●「燈屋」語意繁複、風貌獨步

來到詩人夫婦的家，冬末初春的巷弄有股涼意似薄荷清香。登樓而上，窄小的梯步盡頭是一塊「燈屋」的吊牌，羅門先生迎在入口，梯狀的疊書亦迎在入口，亂中有序而別有一股豐實人家的感覺迎放在未入門之前……乍然間，一路走來，閒散的心情彷彿知道要開始忙碌了，且驚覺或是種莫名的壓力，樓梯間，此時已廻盪著詩人嚮導的聲音，訴說著，「燈屋」的年齡、穿著、心態、脈動、思維方式、過去的故事……不僅目不暇給，更難免滿耳滿心的疑惑，一時不易釋懷。

卻不忍打斷詩人的熱情，亦步亦趨猶如隨其參觀畫廊或博物館裡的展示，起初紅黃紫綠青白灰藍，色色樣樣，厚厚渾渾地豐富交融成一片模糊之美；直挨到心神漸定，詩人的意念逐漸進入思路時，焦距才調得清明，「燈屋」四壁、天花板、廳堂陳設，也才一一浮顯出來，看明白了是怎麼一回事。整個「燈屋」的生活空間，利用玻璃瓶罐、竹簍子、木碗、衣橱的骨架、鐵絲圈等等各種廢棄物和現成物組合構成，隨興又嚴謹，既實用又具藝術造型，滙集了視覺藝術中的繪畫性、建築性與雕塑性的包湯斯「三體合一」，所經營出的一個具體並含有詩質的美感空間；而在聆聽之際，仔細端詳詩人的容顏；自信，忘情，綿密的思緒，皺眉或垂首，興躍或沈湎，也完全是張繁複細緻又率眞的「表情空間」，輝映著「

燈屋」的迷魅與姣好別致。

上下兩層巡禮一趟，一首首由許多具體意象架構成的視覺詩—在天空裡旋轉的陀螺、帶著日月從天空出走、造給天空騎的木馬、天空的開罐器、天空的循環系統、以及衆多風貌述說各自獨特的「燈語」，乃交織成迥別於一般人家的家，這卻是詩人羅門與蓉子住了近三十年的「燈屋」。

好一陣之後，著一件寬鬆套頭的毛衣與灰黑長裙，極其家居平常的蓉子小姐才從起居室的另一端出現，親切慈祥似母親的聲音招呼說：吃過晚飯了嗎？請坐、請坐。並端起新春待客的甜點糖塊表示歡迎，穿插在羅門忘情地解說行爲之間的，另是泡來了咖啡，備了份蛋糕，且看看時間提醒今夜的訪問是否該開始了，要談些什麼！

訪談其實早已開始。這樣的詩人夫妻，家的表殼與內裡皆有著如此出色的語彙，歲月其中，詩的心血、藝術家的執著其中，乾淨全然的迸放，舉手投足皆在生活中另尋美麗的字白，這豈不是已不經意地透露他們的與衆不同，卻又極其地生活平常。

但凡曾徜徉於現代詩的旅途，卻不曾與羅門、蓉子有過一段相逢歲月者，可謂極其鮮少。詩人余光中稱讚蓉子是「詩壇開得最久的菊花」，而她更被公認爲中國現代詩壇最早出現與最知名的一位女詩人；羅門則是一位向人類心靈深處探險的詩人，權威詩評家張漢良教授且認爲他是台灣少數具有「靈視」的詩人，表現現代都市的詩作最具代表性，是一位「重量級」的傑出詩人。

●中國的勃朗寧夫婦

成就如此不凡的兩位詩人，至今而已結縭三十四年，創作一直不衰。詩人覃子豪在世時，曾將羅門與蓉子比喻成「中國的勃朗寧夫婦」；嗣後，國際詩人協會（WSP）更先後以此喻與「東亞勃朗寧夫婦」頒發獎狀。而在菲律賓召開的第一屆世界詩人大會，則被大會譽為「傑出的文學伉儷」，獲頒菲國總統大綬勳章。

盛譽美讚加諸於詩人如桂冠，但在這一條漫長寂寞的詩的創作道路上，光和熱要不斷，生命的堅持想能永遠，如果只是步履獨自，一人默默，不沾染現實種種，柴米油鹽家常瑣碎都能減至最少，也許還容易，可是一旦兩人誓約併肩同行，有了家，點起了三餐的油煙，居家的塵擾不斷，專注擁抱於詩的心情是否還能始終純淨如初？這對至今仍活躍於詩壇的羅門蓉子夫妻而言，何嘗只是個考驗，多少還帶有傳奇的色彩，令人既豔羨又敬愛。

談起似已塵封的三十多年前的「初相識」，這一單純兩口之家的發言人羅門，臉上頓時綻放了年輕當時、曾為空校學生的燦亮驕傲，的確，這對於一位酷愛貝多芬、莫扎特強大曠遠而幽美的古典音樂，復為一篇篇翻譯過來的世界名詩所感動，正且浸淫於遨遊廣漠蒼穹的飛行員夢裡的年輕男孩，眞是一段輝煌而狂美的歲月，然而不小心打足球傷了腿，不得不向飛行的夢揮手告別，轉入民航局工作之後，無形中已被激發起的，對詩與藝術的喜愛與嚮往之情，卻不曾稍減，這個轉折點，是幸或不幸，其實有著生命極奧妙的答案潛藏其中，因為如此，才有了民國四十三年，羅門的追求早已聞名於詩壇的女詩人蓉子，是詩的力量和蓉子的光華觸燃了羅門，使其誓願從此全心全力探索詩與藝術的世界。

他猛烈而傾迷地想望著蓉子的愛情，那一年裡，情書綿密不斷，民國四十三年三月六日的一封信裡，羅門寫道：「第一次看見妳，雖只說了幾句話，我便陷入比愛還美還遼闊的世界裡，再也不會更令我著迷的形象，能全部佔去我的眼睛與記憶，尤其是回來看過妳送我的那本『青鳥』詩集，詩中那顆看得見的純摯典雅與高貴的心，配合妳靜美的容貌，使我驚異造物眞的創造了這樣一個內外都卓越、甚至接近完美的生命形象……如果昨天接觸的第一眼，確是未來歲月的信息，我會一直往妳的地方走去，直至握住妳的手，說出我心中此刻要說，千萬年仍要說的那句話……今夜我把整顆心、整個世界都空出來等著妳的回音……。」

音訊來來去去，情衷互吐，詩人間的情愛滋長尤其飛速而深濃，是年九月廿日的信中：「在那麼大的風雨中，街上已無行人，妳還是來了，好像有一種不可抗拒的力量，等把妳與我連結在一起，叫我如何說出內心的欣慰與感謝。……在車上，我吻妳過後，妳不像每次見面時問我，最近寫了詩沒有？而是帶著天眞的口吻問我『會不會做家事。』這句話應該是我問妳才對，其實我也知道妳為什麼要問這句話，它實在比詩還美，還眞實，還富暗示性，我只好回答妳：『明年春天來的時候，當青鳥飛入我的懷中，妳看我會不會做。』……。」

隔年的春天，只歷經了一年零八天，羅門與蓉子便攜手步向紅毯的另一端，感於兩人的美夢成眞，蓉子寫下了詩作「夢裡的四月」：

翠茂的園子
圍繞著這座肅穆的教堂
如海水簇擁著灯柱。

我靜靜地來到裡面，
盞盞乳白色的燈，
像我的夢在發光；
還有那彩色的玻璃窗
直窺天國的奧秘。

於是我作了一行的抉擇
等復活節過後
我將在這兒獻上我的盟誓
和愛者去趕一個新的程途！

●永遠的青鳥與綻放最久的菊花

新的程途裡，甜蜜恩愛自是不可言喻，羅門曾不只一次在文章中表示過，他所以能夠無後顧之憂地全心投注於詩與藝術，必須要感謝兩個人，一個是與他共同在「詩」中生活了三十多年的妻子，他說：「她從小信主的善良心地以及待人溫厚和藹的性情，尤其是她對我的慰勉，使我在平日生活與與緣自激越的內心活動中，獲得很好的平衡與安定感。」而為了感謝蓉子，他寫了「曙光」、「鳳凰鳥」、「詩的歲月」、「給青鳥」、「日月的行踪」等詩來獻給他的愛妻。

而從閒美的少女突然走入婚姻生活的現實裡，蓉子被雜沓而來的繁瑣家務，在起初一、兩年裡，確實弄得很苦惱，無法兼顧之下，只好暫時停筆，外頭世界改變的步伐走得比以前更劇烈，現代化的美學觀、詩觀無不逐一調整，好不容易，在婚後的第三年，蓉子才重返詩壇，她說：「而這之後，自己的境界好像也開闊了，更能掌握而有定力。」

內外兩忙碌的蓉子，她的詩作反而愈來愈多，向明編寫「七十二年的詩選」裡選了她的近作「時間」，一針見血地說道：「這一首感歎『時間』的詩，既對自身一切變成『湮遠的記憶』有所困惑，復對世事『濃密期盼的感覺很長，歡愉綻放的時刻眞短』有所感傷。最後不得不對時間的『健碩』折服，說他『永遠金牌在握』。蓉子常被尊爲詩壇『永遠的青鳥』，寫詩三十多年毫無倦怠，她雖感歎『時間』，時間對她似乎莫可奈何。」

羅門現任藍星詩社社長，蓉子則依然是「詩壇開放得最久的菊花」。民國六十五年他們相繼從民航局與電信局退休下來之後，便專致於詩的道途。每天，如果沒事，在泰順街的「燈屋」裡，或看書或寫詩寫評沈緬於典雅的樂音旋律中，要不就是僕僕風塵連袂參加各種詩社、文藝營的授課、演講活動，以及出國旅遊或出席國際性的現代詩會議，生活得極其充實，兩人共有的暖窩「燈屋」裡，更常有中外風雅之士齊聚煮酒論劍，這樣不僅僅是「完成自己」，且默默的地傳遞著現代詩的薪火。

●處處相照應於人世的夫妻

在家庭生活中，他們是詩人夫婦；在詩壇上，他們是夫婦詩人，至於他們的相處、生活習慣、態度、待人接物、性情以及創作風貌，都有不同的地方。譬如在生活上，蓉子在不趕時間的情況下，均坐公車不坐計程車，她寧可把錢留下來用於出國旅遊；羅門則無論什麼事，只要出門必坐計程車，他的觀點是坐計程車，方便，節省時間，又可控制時間，但更重要的是，他認爲將坐計程車的錢存下來也不會富，用掉也不會窮，而時間在人的生命中，是最重要的資產；至於性情方面，因她從小是基督教徒，加上她的性情本來就溫和，待人寬容，故無論機關同事乃至文壇朋友同她相處，都至爲和諧，留下好印象；而羅門是急性子，對事情非常認眞，有時過於認眞，不肯讓步，常常不知不覺得罪了一些朋友，「但只要我不得罪『眞理』、『詩』與『藝術』就好。」他甚至極自信的說，只要被他指責的事與人，常是因那件事與那個人確實錯在「事實」裡，羅門一直强調他處世的態度是先看「事實」再談「事理」然後才是「人情」，這或許對他做爲詩與藝術的創作者並無碍，但做「社會人」是不太理想的。

蓉子說：「這樣的性情，也反映在他的詩觀上，他是個極其强大的人，對於熱愛的時空藝術、詩的創作及音樂，便一點不保留地全神投入，可能也因專注到如此的地步，生活上的小節便忽略了，且不肯遷就或有所扭曲，意欲透視一切事物的眞實面貌。」

他開罪了人，他疏忽的地方，幸有善體人意的蓉子幫他補綴，雖然他始終認爲這並不重要，欲益發叫人由此見到夫妻相照應於人世的意義。蓉子以爲，每個生命都有他可愛和値得尊重與關懷的地方，儘管你主觀的眼光或有高低雅俗輕重的分野，但凡不是虛幻，而是眞實的人生，即使只是一個小人物，都應該平等看待，詩人不能脫離人羣，當與現實親和。

羅門很同意蓉子的觀點，可是他更執著於一切哲理、心靈眞義、美與藝術的探索和發掘，得賦予教育人羣的功用，今天人類的物質生活發展過於膨脹，精神文明反而虛空腐化衰退的現象，他强調：「社會的品性是一種美麗的假象，現實功利會使人誤把假象當成眞象。」順遂人性自然的發展，恐如水性往下流，提昇和改進，確有莫大的必要。

同爲民國十七年出生的羅門夫妻，膝下並無子嗣，有人或覺如此不免是一個家庭的遺憾，他們卻一致開朗地表示，這種事不必勉强，有的話，也許在心神上要多付出一些，生活的型態與時間的安排得另作調整，卻不會影響或改變他們在「詩的事業」上的堅持；沒有呢！則可以各自擁有更多的時空，做自己喜歡的事，以完就其生命的自我實踐。人生在世無不要共同歷過生老病死的苦痛，多一個孩子，只是多了分牽掛，然而宇宙萬物誠如佛家「不生不滅」的觀念，但順其自然，有或無其實並沒有那麼大的差別。

●生活原來可以這樣的豐盛

短短兩三小時的採訪，離去之後只覺腦海裡一片明淨清朗的印象，而揮散不去的更是耳邊一串串羅門熱情談論著他的「時空藝術」和詩觀等等的聲音，在一旁則是簡靜素雅的蓉子陪伴著的身影。「燈屋」的燈，溫黃地披灑出它們的光芒，一室裡彩畫、壁飾、七色椅墊與暈暈的灯影，更構成了一種柔美的空間，滿溢著生活中詩人的靈感，想像或喜悅或孤寂的意象經營，人的生活原來可以這樣的豐盛，詩人的家是否也都這樣的活潑而處處可見美妙的創意？中國詩壇有了羅門與蓉子這一對「傑出的賢伉儷」，共同守護並呈現容貌別緻的另一種家庭的風景，不但在後世可留爲美談，於今世則堪稱是像首詩一樣的夢幻卻眞。

比翼雙飛

方祖燊／黃麗貞

●方祖燊，民國十八年生，福建省福州市人。曾任國語日報「古今文選」主編，教育電視台大學國文製作人、主講人，現任師大國文系教授。著有「漢詩研究」、「魏晉樂府詩解題」、「六十年來之國語運動簡史」、「三湘漁夫——宋教仁傳」、「散文的創作鑑賞與批評」等十餘冊及散文集「說夢」。

●黃麗貞，民國二十八年生，廣東台山人。師大國文系畢業，現任師大國文系教授，中央婦工會副主任。著有「金元北曲語彙之研究」、「南劇六十種曲情節俗典諺語方言研究」、「李漁研究」、「李漁」、「曲學功臣王國維」等多本學術著作。

上：民國五十一年十月二十八日方祖燊、黃麗貞在台北結婚。
下：夫婦倆及雙胞胎兒子及他們的外甥女。

上：夫婦倆的結儷，被形容是一種理想的學術懷情的結合。
下右：黃麗貞和她的一對双胞胎兒子。（民國五十三年）
下左：民國七十二年七月，夫妻倆與韓國學生攝於韓國啓明大學中文系。

生命情境的契合

■何聖芬

方祖燊的業師梁容若曾經譬喻方祖燊和黃麗貞的結儷，是一種理想的學術性情的結合，正如郝蘭皋遇到王瑞玉，趙明誠娶了李清照。其實，他說的「神靈安排，珠聯璧合」都不足以圖畫這對人間愛侶。黃麗貞婚前愛讀「浮生六記」，從中釀生對愛情的想望，而他們的婚姻生活正好爲三白、芸娘作註，讓想望成調成譜地，一路唱下去。

●現代的「桃花源」

「桃林」，是方祖燊與黃麗貞在花園新城山居大樓的名字。他們住在這棟九層大樓的一樓，夏天時節，屋側桃花落英埋土，見他們蒔撿院前花草，臨著悠悠青山，教人想起桃花源。

桃花源，方祖燊的同班同學子敏曾經用過「武陵人」這個典，形容他的一度捨棄文學創作。子敏以爲方祖燊走進古典像一個古人逸失在古典裡，有如一個隱士。不錯，這處桃花源就有二個自由出入古今的武陵人。

那天，由這兩個武陵人引入廳堂，穿過屋廊，整潔的居室，迎面舒爽。沿坡而築的公寓，有屋側與前後三塊空地，供他們消閑。方祖燊手指小池塘說：「魚是孩子要養的。」後來，孩子都出外讀書，他們的樂趣倒成為父母愉快的負担了。

屋後有花圃，以萱草為欄，在這不開金針的季節，它們也豐潤搖曳。傍晚風來，見他們彎腰蒔草，掌餌弄魚，自然怡人。神遊古典數十年了，人間多少逸趣都化作他們胸中丘壑，園中不需山水，山水自在目前。

書房與花園只是一片落地窗之隔，一闥青山相映兩壁書橱，室內正中，兩張書桌相對並放，不知道「相看兩不厭」能夠道出多少他們的心情。「其實，這也不是有意安排，覺得這樣子好就擺上了。」夫妻結合，實在是命定成分居多，黃麗貞欣羨芸娘，於是遇見文質彬彬的方祖燊；方祖燊企盼溫暖，便尋到賢慧體貼的黃麗貞。

●不是最初，但是最終的愛戀

說來有趣，今天賴以安命的文學，都不是他們最初的選擇。方祖燊在抗戰勝利那年，跳班考入福建農學院附屬高農，其實，他小時候的志願原是當個發明家的；黃麗貞在香港唸高中時，讀的也是理化。而後，文學逐漸佔據他們的心靈，一個先進了台灣省立師範學院國語科，一個後選了國立師範大學中文系。十年之間，多少學子進出校舍，同樣的屋簷下，他們命定要等待相遇。

大學期間即享有文名的方祖燊畢業後，進入國語日報担任「古今文選」編輯。

基於對寫作的愛好，他選擇編輯為業，但當他盡職地担負編務，一頭鑽進古典文學，隱身書林語叢，忙為古文注釋，才發現文思全無，不得不暫放創作。這段期間，他所閱讀的書籍眞是龐雜，但也厚實地奠下基礎，使他日後面對許多題目都能左右逢源，淋漓發揮。

四年後，得梁實秋、梁容若二位先生推薦，回師範大學担任助教，不久，又升任講師，開始步上學術研究的道路。

●挑燈夜讀有良伴

那個時候，他教學與編務兩邊都閒不下來，朋友打趣他「寫稿滿屋，愛人痛苦。」又有人戲稱「文選漫天，女友丟完。」梁容若甚至憂心方祖燊學問與人生幸福難以兩全。怎麼他們就是忘了「書中自有顏如玉」，果不其然，以書為媒，黃麗貞欣賞他寫在臉上的書卷氣和溫文的舉止，從此，挑燈夜讀有了良伴。

在書桌上，他們的話題也逐漸由文學談到人生共同的理想，黃麗貞隨著方祖燊一貧如洗，從無到有，一枝一架地構築成就與幸福。

結婚那年，黃麗貞才畢業，她以優異成績留校担任助教，師大自此正式取用女性助教。隔年，早產一個月的雙胞胎出世，小家庭經濟尚無穩固基礎，兩個體質孱弱的新生命帶來不小的壓力，教過黃麗貞「新文學概論」的謝冰瑩先生常到宿舍看望他們，謝先生還細聲對她說過：「我担心妳會不會把他們帶大？」做事有規劃的黃麗貞有信心在不佳的環境中，仍能拉拔長大這一對孿生兄弟。

方祖燊初為人父，喜悅之餘開始忖算怎樣多教幾個鐘點，可以多買幾罐奶粉，他揑起手指頭點一點，那時一週多達二十三堂課，比做學生用功哪！

盤算舊日，雖然常見襟肘，總是兩人結心裘情一塊兒奮鬥過來的。日常生活如此，學術研究也不曾落單。

方祖燊的性格是一工作起來就不得放鬆，黃麗貞看在眼裡，只得在白天工作之餘、晚上照顧雙小之後，再作一老的幫手。五十一年到五十七年之間，方祖燊接下「古今文選」主編的担子。粉筆職業之外，他時常通宵達旦投入工作，選文、注釋、約審、校稿，還要自己撰稿，為使文選不脫期，黃麗貞義不容辭地為他分勞，謄稿校對視作份內，捉刀撰稿則是常有的事。

五十六、五十七年間，方祖燊又担任教育電視台大學國文節目的製作兼主講人，每週六下午有二十分鐘專講詩詞。為了準備節目內容，既要選擇作品，又要製作輔助用的畫板，有事共担，黃麗貞自然是不二人選，這樣子一次節目大約要花掉他們二個晚上的時間。到了週六，便一家大小携著到植物園去，爸爸上電視時，媽媽就領著孩子在園內戲玩，這也是他們難得的休閒活動。

面對這般充實的婚姻生活，黃麗貞早已抛忘三白、芸娘那種「因暑罷繡，終日余課書論古、品月評花而已」的悠閒。對他們而言，生活，是日出之後，各忙各的課業；日入之後，各讀各的書，各改各永無止境的學生作業、趕限期的文章，於彼此需要時，相互扶持。

●浸淫其中，各有所好

文學範疇浩繁，兩人雖然浸淫其中，却各有各的區域。

方祖燊學問比較博雜。十幾年來，編輯經驗養成了收集資料的習慣，他自謙書背得不好，但十分自信能掌握資料，事實上，許多文章或研究方向，都是咀嚼資料時由枝節發展產生的。譬如，他對詩感興趣，於是研究漢詩，寫成「漢詩研究」；接著又廣讀魏晉南北朝，發表許多論文，結集而成「魏晉時代詩人與詩歌」，關於陶詩也有專門著作，本欲繼續衍展，又因為「忙碌」而停住了脚步。

在研究或寫作的現場，他都謙稱自己「廣而不精」，但是，從目前已發表的八、九十篇論文與二十多種著作來看，不是下苦功讀書的人，不會如此斐然有成。不過，得失常在難定之天，方祖燊有時仍不免惋惜，假若當時不將心力投效編輯，而能全心全意從事寫作，今天恐怕又是另一番局面！或者，那個時代沒有戰亂，也可能圓了當發明家的夢想，但是，那樣子重寫人生，倒不如相遇佳人黃麗貞，與她廝守終身。

黃麗貞也是熱愛文藝創作的人，當時隻身到台灣讀大學，便是基於對文學的喜好與傑出的文筆，選擇了中文系。她主要的研究範疇在戲曲，「金元北曲語彙之研究」、「南劇六十種曲情節俗典諺語方言研究」、「李漁研究」都是心織筆耕完成的。由於教學、婦職二項終身事業分攤了她太多時間，自然比較無暇凝聚心力創作。

在教職崗位上，她與方祖燊都是由助教、講師、副教授、教授，憑眞才實學的論文過關斬將的。而她白天認眞負責地作育英才，回到家要妥貼地照顧一家生活，教養一對孿生兄弟，對於妻子於公於私一樣敬業的精神，方祖燊既敬且惜，一句「那是很不容易的啊！」肯定了黃麗貞宜家宜業的努力，也道出他自己問學的歷程吧！

年輕時患難與共，在心境、行爲上，鋪就一條相携並行的路，於學術研究自然彼此助益。

六十七年，他們同時應黨史會之託，撰寫革命先烈傳，方祖燊寫宋教仁，黃麗貞寫鄒魯，兩個人從無數的資料中，塑造出先烈的形象，「三湘漁父──宋教仁傳」、「反共前驅──鄒魯的故事」於焉誕生，黃麗貞還要不分晝夜地爲方祖燊謄稿；七十年，方祖燊編寫「中華民國文化發展史」中「中國文化的內涵」，黃麗貞自然分担了吃重的工作，負責「文學」、「哲學」、「科技」三部分。談起這件事，方祖燊取出書，一邊翻看黃麗貞撰寫的內容，一邊滿意地讚美她如何從數十萬的資料中擢精取華。

●焦孟不離，晨昏相伴

這對夫妻就是這個樣子了。在筆墨上焦孟不離，一起編書之外，共同經營副刊專欄，如民衆日報的「儷人偶語」；也共同結集出書，一本是以方祖燊作品爲主的散文集「說夢」，一本是以黃麗貞作品爲主的小說集「幸福的女人」。在生活上，更是形影難單，兩人同進共出。每天由黃麗貞開車到師大上課，黃昏時，她從婦工會出來，途經師大接了方祖燊一道回家，他解釋說，寧願等她接送，其實是爲了作她的保鑣。「有時候，我要他到市場買點東西，他總不肯自個兒去。」語氣中的幸福多於責備。

這輩子裡，他們唯一一次分離在七十五年的春天夏之交。黃麗貞到韓國大邱的啓明大學敎書，一別四個月，直敎方祖燊坐立難安，時間到了，就急急去接她，結果，夫妻倆在東北亞渡了一個小蜜月。倘若黃麗貞再要個兒出國，方祖燊將是怎般心情呢？他答得極俐落說：「她不可能再去了。」她接下話鋒又說：「他眞的回答了你的問題！」是啊！恩愛夫妻怎生得別離。我想，幸福雖然是彼此的需要堆砌起來的，方祖燊少小離家，與親友睽離。他說：「我生活單純，除了讀書，別無嗜好，而她給了我一個溫暖的家。」閃在厚厚鏡片下的眼神，傳遞出一種訊息，他把對故鄉的思念全化作對妻兒的關懷與責任了。

●在人生的境界上彼此提昇

方祖燊雖然鑽研古典文學，耳目之間仍然清晰地接收現代訊息，因爲曾經讀農的關係，對經濟學、社會學都有基本的知識能力，思考面向常能多方兼顧。黃麗貞在香港接受基礎敎育，由於當地風自由，她本不是固執保守的人，儘管理家愛家的態度十分傳統，但是，對於女性的社會角色，也有頗為現代的觀點。他們同樣關懷現世，方祖燊以專欄文字來表現，黃麗貞則切實身體力行。

目前，她除了教書、學術著述、創作、家務之外，自七十五年起，還肩担黨部婦女工作會副主任要職。站在男女平等的立場上，黃麗貞贊成給予女性更多達成理想的機會，她認為應該經由拔擢、培養的途徑，强化女性的特色和能力。担任副主任以來，她十分注重各階層女性的生活情況與意見表達。雖然生性不善交際，她仍願意全心奉獻在這份工作上，發揮一己的力量，提升女性的社會地位。

看著自己的妻子懷抱理想，稍帶激昂地談到女性問題，方祖燊的表情還是一式的滿足，他寧願抛開男性立場，從社會或女性觀點來考量妻子行為的價值。他認為原本被埋沒的女性能夠投入人力市場，對社會發展正面意義大於負面意義；更何況，長期以來，仰賴男性的經濟結構造成男性的權威勢强、女性勢弱，也正可以藉更多女性獨立站起，改變這種偏向的結構關係，趨於平等。

談到這個現代主題，兩人各有立論，却指向同一個標的。夫妻朝夕相處，不重相互依恃，能夠欣賞彼此獨立的性格與學識，在思想與人生境界上有所提昇，最是可貴。

「我相信，愛情應以圓滿的婚姻為歸宿，才會使人生更美好。」這是黃麗貞不變的生命觀，其實，圓滿的婚姻對他們而言，並不需要費心著意去經營，强求什麼「强之可三盃，敎之射覆為令。」的忘懷樂事，只要燈下研讀有人可以分享心得，可以商詳商議，在教學與輔導學生方面，彼此研討交換意見後，工作得以順利進行，就是人間美事了。

比翼雙飛

大荒／陳昭瑛

●**大荒**，本名伍鳴皋，民國十九年生，安徽無爲人。曾創辦「現代文藝」，是「詩宗社」、「創世紀詩社」的一員。著有長篇小說「有影子的人」、「夕陽船」、短篇小說集「火鳥」、「無言的輓歌」，詩集「存愁」，散文集「在誤點的小站」、「山水大地」、「春華秋葉」，詩劇「雷峯塔」等。

●**陳昭瑛**，民國四十六年生，嘉義人，台大中文系畢業、台大哲學研究所畢業。以小說開始了她的創作歷程，偶有詩、散文等作品的發表。近年來因投入哲學研究，停止了文學創作。著有小說集「江山有待」，在學術研究方面翻譯有「美學的面象」(馬庫色原著)。

上：看來仍年輕瀟灑的大荒。
下：小兒子切生日蛋糕。

上：大荒、陳昭瑛在台大校園留影。
下：油紙傘下的陳昭瑛。

惜才與惜情

■游淑靜

雖然年齡相差懸殊，但兩情相悅，月老有心，大荒過去的點點滴滴，早已融入陳昭瑛的生命中，彼此合而爲一，你儂我儂。

●落地生根

民國三十七年，徐蚌會戰，我軍失利，當時參加青年軍的大荒，隨軍隊由安徽轉至上海，不巧上海已局勢混亂，人心惶惶，大荒這批青年軍，年紀也只不過十七、八歲罷了，正覺前途茫茫，不知所以之際，忽然接到一個台灣徵召新軍預備軍官的消息，年輕的心不禁心嚮往之：不妨到台灣玩玩吧！反正上海已待不住了。

當時他們這批初生之犢，只依稀知道台灣有個阿里山、有花蓮港，還有波羅蜜（鳳梨）可以吃而已；沒想到，這一玩竟成了異鄉樹，不僅在台灣落地生根，甚且綠葉成蔭子滿枝，眞是造化弄人！

大荒回憶道：當時他們坐了幾天幾夜的船才到台灣，海上航行的顛簸、危險自不在話下，等大家在基隆港上岸後，一個個已如病貓子（很多同伴卻能未卜先知，隨身攜帶幾包香煙，下了船後，便與當地人換香蕉，先大快朵頤一番）。

接著，他們又被趕上火車，直奔台南，這個火車是載猪的，整個車廂臭哄哄，坐在裡面如坐針氈，當時心中不禁一悲；難道未來的命運就如同豬仔嗎？

此時火車夜經南部鄉村，放眼望去，一家家的燈火在夜色中，依稀閃爍，他不禁忖度：台灣連鄉村都有電、有火車，田野間四處有灌溉溝渠，好像比大陸的鄉村還進步，這一想，心中總算才稍落定，不再有入蠻荒之地的悲哀。

到台南後，他們先駐紮成功大學(時爲台南工學院)，當時的訓練非常嚴格，每天清早跑五千公尺，跑得兩腿發軟，接著匍匐前進，爬得手肘皮破血流……諸如此類的訓練，不知有多少，而教官的標準極爲嚴格，他們這些新人幾乎天天捱打，個個叫苦連天。

受訓完後，接著是軍官甄試，大荒原本成績甚佳，但體檢時，砂眼不及格，無法入選，有長官基於愛才，要他再去檢查一次，並要醫檢人員放水。但大荒個性耿直，不喜取巧，寧可不當軍官，也不接受這種安排。

官既當不成，只能永遠當小兵，大荒心中不禁落寞寡歡，感慨有志難伸，前途黯淡。

●收之桑榆

既然「仕途無望」，大荒逐漸過起「自我放逐」的日子，沒想到在失意中，竟重拾文藝這個舊友，略慰寂寥。

所謂「舊友」，這得回溯到大荒的童年。

大荒生於佃農之家，父母皆目不識丁，一貧如洗，其父親有感於自己境遇如此困頓，皆因不識字而起，於是發願：即使脫褲子典當，也要讓兒子唸點書，識點人名字，好讓兒子日後能到城裡當學徒，做個商店朝奉，不再步他後塵。

就這像，大荒上了幾年私塾，然而眼見開濶與多讀書的結果，他無法安於當一個學徒，他被同學間互相傳閱的中國古典文學深深吸引，而掉入一個古老浪漫的世界，嗜書若渴，其後又在偶然間，接觸到第一本新文藝雜誌—萬象，其中有篇「萬能博士」很能引起他的興趣，這又是他新文藝萌芽的開端。

由於資質不錯，抗戰勝利後大荒考上蕪湖初中，當時學費昂貴，物價飛漲，他勉强讀完一年後，無錢後繼，便投身軍旅，而就在這段期間，他才眞正接觸到當時的新文藝—魯迅、巴金、老舍等人的作品，尤其「阿Q正傳」，簡直是「如雷貫耳」，然而儘管如此，他仍沒有寫作的衝動。

直到來到台灣，仕途無望，他才文興大發，不論多累，每天一定站在公布欄前，把報紙副刊讀完，有假到街上蹓躂時，也必走到書店或書報攤，站著把書看完，如此約一年光景，他自忖：這種文章我也寫得出來，便暗自塗抹爬格子，那股寫作的衝動越來越强。

然而，「黃花閨女坐花轎」，他投稿可是第一遭，要怎麼投呢？他既怕被人笑爲土頭土腦，又怕被人譏爲自不量力，因此，只一個人在心中打轉，不敢向人討教。恰巧鳳山駐紮區附近有一小報社，門口掛一個稿箱，似乎就是等人來投稿的。

於是他帶著稿子，來到稿箱前，猶豫再三，終究沒有勇氣把稿子丟進去，最後乾脆把稿子撕得粉碎，這種心情，比一個楞小子開口向小姐求婚還難。

有了這次的失敗，他回去後，再把別人的文章仔細推敲，比來比去，總覺得自己的文章也不比別人差多少，於是鼓起勇氣，捲土重來，投稿「軍中文藝」一篇散文。這一投有如石沈大海，沒消沒息，挫盡了銳氣。

兩個多月後，有一天教官點名問他：「你會寫文章嗎」？他一楞，吞吞吐吐地否認，但心中不禁燃起一線希望，難道會有人和我同姓同名嗎？好不容易坐立難安地等到下課，趕緊跑到中山室去找雜誌，這一看可不得了，不正是自己的大作？而且還是被轉載的。

有了這次成功的投石問路，他不禁藝高胆大起來，開始陸續投稿，散文、小說並進。他記得：曾有一篇小說在自由青年刊登，時得三十二元稿費，這在當時已經爲數不小，他不僅用這筆錢買一床棉被（當時窮得只有一條毛毯，冬天常冷得打哆嗦），還有餘錢請朋友們豪飲一番，著實是一種享受。

既有物質、精神的雙重鼓勵，他更樂寫作而不疲了。

●無怨無悔

散文、小說是大荒初期所熱衷的，但後來他把興趣轉向新詩，當時正値野風雜誌盛行，楚卿、鄭愁予等人皆在該刊發表，他也不禁手癢，嘗試寫新詩，可是野風上不了，只能上半月雜誌（當時半月雜誌不發稿費），繼之在青年戰士報發表，寫得多了，難免認識一些詩友，便與同好創辦「現代文藝」，但因大家都是窮書生，出了六期，便告停。

由於稿子在台灣屢遭退稿，後來大荒漸把觸角伸向海外，如南洋的蕉風月刊、香港的祖國週刊、中國學生週報等，這些海外刊物稿費比本島高，無形中，給大荒不少經濟援助。

在軍中寫稿，並不是很受鼓勵的，尤其大荒常寫得廢寢忘食，不分日夜，以致誤了勤務，被長官懲罰，然而「爲伊消得人憔悴，衣帶漸寬終不悔」，寫作是他的生命寄託，即使是面壁、吃鹽開水泡飯，他也無怨無悔。

寫作的路坎坷而漫長，有時也難免會遇到阻礙而觸礁，愈寫愈詞窮，越看越不順，當大荒發覺自己知識太貧乏、技巧太生硬時，他忽然頓悟「臨淵羡魚，不如退而結網」的道理，從此停止塗鴉，如醉如痴的閱讀，想盡辦法到圖書館借書，甚至被關禁閉，他也甘之如飴，因爲這樣他正好可以心無旁鶩地專心讀書。

記得有一次，他被關禁閉，在一個小山谷裡當管理員，練習拳擊靶子，長達三個月的禁足，他坐聽山風，眼觀浮雲，獨噬寂寥，未料卻因此因禍得福掘開他創作的深度，找到自我的本質，不再如浮萍般，隨波逐流，追求時尚。

有了這種體認後，他又蓄勢待發，重新投入創作的行列。並把軍旅的得失擱置一邊。

民國五十六年，退除役官兵輔導委員會與師範大學合辦國文專科班，應試者先經過甄試，再接受兩年訓練，畢業者可取得教師資格，這對大荒而言，無疑是一大福音，軍旅生涯他早已厭倦，又苦無一技之長謀生，現在有這種機會，他豈可放過？

很幸運地，他考上了，順利接受兩年訓練後，轉入教職，從此峯廻路轉，走入生命中的另一個階段。

這是大荒的前半生生活，此時他的妻子陳昭瑛還不知人在何方。然而月老有心，緣定三生，他們即使年齡懸殊，卻兩情相悅、相濡以沫，大荒過往的一點一滴，早已融入陳昭瑛的生命中，合而爲一，你儂我儂。

●文字姻緣

陳昭瑛在家中是老么，她的父母有一段極不尋常的婚姻。

她的母親曾被丈夫遺棄，她的父親則爲了她母親，不顧一切與妻子離婚，兩個年近半百的人，在歷盡滄桑後，誓言相許，共組家庭，因此陳昭瑛雖有很多同父異母、同母異父的兄姊，但心靈上卻很孤單，因爲只有她，是父母所生，而且由於父母的特殊境遇，使得她在情感上，特別纖細而敏銳，對於情海滄桑，也早熟得超過她的年齡。

她的父母在早期也曾是戲劇圈人，她的父親會寫劇本，她的母親曾演電視劇，由於有這種遺傳，加上她天資聰穎，因此小小的高中年紀，即在「中外文學」發表作品，讀台大中文系時，又在人間副刊發表小說，當時還頗被高信疆這些老編，視爲文壇新秀。

也許是緣份吧！

有一天，陳昭瑛在由舊書攤買到一本大荒的小說集—有影子的人，當時這本書在市面上已絕版，陳昭瑛看完後，極爲欣賞大荒的作品，深深覺得：大荒在文壇的評價，應該更高才對，可惜眞正認識他的人並不多。

無巧不成書，陳昭瑛有個一女中同學，是大荒的學生，在她的引介下，大荒與陳昭瑛認識了，由於同是喜愛文藝者，故相識甚歡，當時在大荒眼中，陳昭瑛好比是一個乳臭未乾的小女娃，而陳昭瑛也把大荒視爲寫作的老前輩，豈知日後竟會攜手共進，終成夫妻？

大荒說：他在寫作上，有如一顆遲遲萌芽的種子，也沒有長江大河般的天分，完全是摸索而來，有感而發，但他看陳昭瑛小小年紀，下筆不凡，心知：這女娃的成就，一定比他強。基於愛才，大荒對陳昭瑛鼓勵有加，也剖析自己的寫作經驗供作參考，這對陳昭瑛而言，無疑是點亮一盞寫作的明燈。

然而如何於師生之誼，轉而爲男女之情？

這得再回溯到大荒的過去，他的第一次婚姻有如一個可怕的夢魘，妻子對他充滿懷疑、不信任，生活中充斥爭吵與互慪，他在忍無可忍下，忍痛離婚，帶著小兒子，另謀住處，每天下班，便趕回家燒飯、洗衣，帶小孩，這些看在陳昭瑛眼中，眞是充滿了同情，尤其陳昭瑛感情特別敏銳而豐富，一般女性的溫柔，油然而生，她像一個騎士般，飛奔至大荒的生活核心，扮演人妻人母的角色，無形中奠定未來婚姻的基礎。

●弱水三千

陳昭瑛說：從高中認識大荒，直到結婚，中間渡過漫長的九年，她常常利用課餘，到大荒家中，幫他做家事、哄子孩，當時小兒子年幼不懂事，時常鬧彆扭，一哄哄一兩小時，餵一頓飯兩三個小時，但不知為什麼，還是單身未婚的陳昭瑛，總能耐心地做，毫無怨言。

星期假日，為了舒散身心，大荒、陳昭瑛帶著小兒子，郊遊踏青，使得原本失去家庭溫暖的大荒父子，有重溫天倫的時刻。

由於大荒自幼苦讀出身，身為父親的他，對兒子難免要求較高，總希望他能好好讀書，出人頭地，無奈兒子對升學沒興趣，卻畫得一手好漫畫，因此，大荒知道當兒子自復興高工畢業，即要投入社會畫漫畫時，他堅決反對，幸而陳昭瑛思想開通，她認為這是一個專才的時代，行行出狀元，何必非得擠升學的窄門呢！

有了陳昭瑛的支持，小兒子總算如願以償，因此，十餘年來，本是外人的陳昭瑛，反成了大荒父子緊張關係中，唯一的潤滑劑與舒解，也成了大荒生命中，不可缺少的人。

讀完大學，陳昭瑛接著唸研究所，多采多姿的大學生涯，也不是沒有追求者，但陳昭瑛總覺得「過境千帆皆不是」，只有和大荒在一起時，她覺得最貼心、自在。

「以前很多男同學說我太驕傲，看不起他們，其實我絕沒有這個意思，只是和他們在一起，無法深入溝通罷了。」

「情」之一字本就難解，也無法以標準尺度來衡量，在一般人眼中，陳昭瑛好似嬌小玲瓏的小女孩，然而誰識得她內心世界已如一個看透紅塵的老者？

「當我決定嫁給大荒時，很多同學、朋友都說我瘋狂，但我自己很清楚，我究竟在做什麼，夫妻最重要的，就是要志趣相投，有共同的理想與目標，有共同的人生觀與價値觀，如果婚姻只迎合世人的標準，找一個年齡相當、學歷相當，卻話不投機半句多的人，那麼其結果是同床異夢，生不如死，如此有何意義？」

於是不顧父母、朋友的反對，陳昭瑛毅然披上嫁紗，成爲大荒夫人，所謂「任他弱水三千」，她只取一瓢飲。

而大荒呢？過去的滄桑，年齡的懸殊，使他裹足不前，不敢再企盼婚姻生活的美好，他記得有一次，他和陳昭瑛去買衣服，商店的老闆娘對陳昭瑛道：叫妳爸爸給妳買嘛！眞是叫人難堪！

因此，漫長的九年交往，如果不是陳昭瑛意志堅決，大荒眞不敢有非分之想。

●重新出發

結婚六年了，婚前，陳昭瑛曾以爲大荒已有了子女可傳香火，她不必擁有自己的小孩，但結婚後，天生的母愛卻催促著她，令她有一種生兒育女的衝動，再說大荒前妻所生的兒女，對他再好，終究無法代替生身之母，因此，陳昭瑛婚後又爲大荒添一個小壯丁，對大荒而言，可眞是老來得子，彌足珍貴。

小傢伙雖然爲婚姻生活帶來一些喜樂，卻也爲兩人的寫作生涯帶來不少煩惱，當大荒坐在書桌前，正欲專心下筆時，小傢伙來了，爬到大荒腿上，泥著不下來，非得陪他玩耍一番，才罷甘休，或者到了

十一、二點還不睡覺，非得媽媽在旁邊唱歌講故事，弄得媽媽精疲力盡，小頑皮卻兩眼發光，了無睡意。

不過，這種日子就快過去了，小傢伙已上幼稚園中班，等上了小學，總會越來越懂事，越來越乖，因此，大荒現在又浸淫書堆，勤讀大陸現代小說，他希望以自己參加青年軍的經驗，配合中國的動亂，寫出一部震撼人心的文學巨著。

由於婚姻生活幸福，當年的滄桑已逐漸遠去，現在的大荒看來既年輕又瀟灑，而且為了防止自己老得太快，他每天都到住家附近的小山，登臨覽翠，勤練身體，希望自己永遠具有青春活力，好配上他的賢妻。

而陳昭瑛呢？從過去的喜歡文學，熱衷創作，到後來的喜歡哲學，究天人之際，窮古今之變；如今的醉於美學，致力翻譯，寫作早已不能滿足她求知若渴的心靈。在她深得情愛個中三昧，在她領悟婚姻生活的通性逍遙後，也許有一天，她會回頭，再度提筆寫作，屆時的她，已不是當年的出谷黃鶯，而是已為人妻、人母的成熟角色，將令大家刮目相看。

比翼雙飛

李春生／林玲

●**李春生**，民國二十年生，山西垣西人。高雄師範學院、師大國文研究所畢業，現任教師、「屏東青年」主編。曾創辦「東海」、「詩播種」、「青蘋果」等詩刊。著有「現代詩九論」、「詩的傳統與現代」、「睡醒的雨」等，曾獲得七十一年中國文藝協會文藝獎章。

●**林玲**，民國三十年生，浙江省人，現任國小教師。以筆名林若潔發表作品，著有童詩集「房子生病了」，散文集「第一個十年」及即將出版的「陽光組曲」。近年來致力於低年級語文教育研究。

上：李春生、林玲於民國五十五年的教師節結婚。

下：民國六十二年，夫婦倆和長子、次子。

上：民國七十一年，夫婦倆與長女、次子攝於南投公園。

下右：民國七十六年三月，李春生留影於菲律賓馬尼拉公園。

下左：民國七十六年林玲在小琉球留影。

永遠走在春天裡

■曾　寬

有人說，男人成功背後的「高手」，是他的另一半——就是有個賢慧的太太。

有人說，女人成功最大力量的來源，是她的丈夫。

更有人說，他(她)一生最大的收獲，是有個滿意的伴侶。

以這些話來形容李春生、林玲作家夫妻檔，是最恰當不過了。

●家在屏東

台北是文化重鎮，大部分作家都希望住在台北，而李春生夫婦却情有獨鍾地住在距台北四百公里遠的屏東。

當然，工作是他倆長居屏東的原因，李春生執教於距屏東市十五公里的內埔農工職校，林玲則服務於市區的公館國小。

以前，他倆住在青島街的日式宿舍裏，雖有圍牆，也有寬敞的庭院，可是，屋裏的房間却不多，且十分狹窄，客廳兼書房，在孩子一個個長大後，更顯得擁擠不堪。

前些年，善於理財的林玲，爲使老公有得安靜而寬敞的寫作環境，傾其所蓄，在接近市郊的地方，買下一幢三樓洋房。

這幢房子座落於勝利國小旁，在蜿蜒的小巷深處，聽不到喧囂的車聲，行人也稀少，環境十分隱蔽、恬靜。

由於是店鋪建築，屋前屋後沒有庭院，可是，前面的小巷那一邊却是大片蓊鬱葱蘢的樹枝，推窗一望，所見是一片綠，也吹來沁人心脾的清潔空氣。

林玲很疼老公，三樓是李春生的專屬房間，有床有桌，也有藏書豐富的排排書橱，而林玲呢？則跟孩子共擠二樓。林玲所以如此安排，乃因爲老公血壓高怕吵，更重要的是，寫詩需要安靜，才能醞釀靈感。

「山不在高，有仙則名；水不在深，有龍則靈」。李家雖在偏僻的市郊，可是，李春生好客，林玲善良親切，每逢假日登門拜訪的文友總是不少。朋友來自全省各縣市，有的甚至做爲度假之地，住個一、二天，捨不得走。

到李家作客過的文友，都對李春生的烹調技術讚不絕口，他平常不下廚，可是，有朋自遠方來時，他會破例下廚，煮一鍋香醇的牛肉，叫人吃了還想再吃，也許這是造訪者多的原因吧！

●同是苦難漂泊人

婚姻，五百年前已註定。

李春生是山西人，林玲是浙江人，倆人結成百年之好，全靠一個「緣」字。

要是大陸不淪陷。他倆都是名門望族的兒女，斷不會相識結婚。可是，他倆生在命運乖違的亂世時代，小時烽火連天，四處跋涉漂泊，不約而同地走到這塊蓬萊仙島。

全是上天的安排。

李春生離開部隊後，轉調台東服務，在東台灣整整住了十二個年頭。

林玲畢業於台北女師後，任教於台東師範附小。

民國五十四年，李春生主編的「台東青年」，舉辦的編者、作者聯誼會裏，倆人見面認識。

愛會讓人瘋狂，自李春生認識林玲後，無心寫作，轉而沈迷於既快樂又痛苦的戀愛，他每天一信或數信，足足花了一年五百封信，才得到林玲的芳心。

令林玲感動的是，李春生常在信裏為她寫小詩，累積起來有二〇八首情詩。

他倆訂婚選在林玲生日時，其訂婚儀式相當別緻，轟動整個台東。

東部文友為他倆訂婚舉辦「歌、燃燒的七月」的朗誦會。由詩人巴楚、王舒、陳錦標、路衞、阮囊、夏虹及他倆提供作品，正聲廣播公司正東電台二位節目主持人擔任朗誦播出，全部費用均由台東新生印書局老闆贈予。

他倆是在民國五十五年七月廿五日訂婚，九月廿八日教師節時，在親友及文友們祝福下，攜手走向地毯的那一端。

●李春生的寫作歷程

我們都知道，李春生是詩人，很執著，自始至今都是寫詩。

李詩人原就讀於山西家鄉的師範學校，十五歲時山西共軍蠢動，局勢險惡，乃與堂兄及同學七人相偕渡河至洛陽，再轉南京，飽受顛沛流離與行乞之苦，感發為詩，乃以「流浪者」為題，發表於南京版之「益世報」副刊，是爲處女作。

大陸淪陷後，李春生隨軍來台，曾在澎湖駐防五年，由於生活較爲安定，加上不少詩友都在風砂島服役，相互討論、砥礪、批評，於是大量發表新詩，散見於各大報刊雜誌。

民國四十六年轉調台東服務，在這偏僻的一隅，不但並未歇筆，更大力推動現代詩，使台東一時文風大盛。

李春生結婚後曾一度沈寂於詩壇，其因有二：一是任教於國中，教職兼多項行政工作，無暇創作；另一是，由於現代詩日趨歐化及晦澀，不僅失去讀者，也失去發表的園地，除了詩人自覺、自憐而自行籌資出版，却毫無銷路的詩集、詩刊外，幾乎所有的報紙副刊與刊物都拒絕發表現代詩。所以從過去的現代詩人大團結，而一致對付那些泥古之士的論戰，獲取勝利之後，如今却發現自己走的路竟是一條死路。因此在現代詩人的內部發生了劇烈的爭執，中國的新詩到底要往何處去？各據己見，不肯相讓。於是由大團結到大分裂；每一詩社、詩刊無不劃地自限，門戶之見顯明，派別林立，互相攻訐，令人詬病。作爲一個曾經狂熱、盲目參與「現代詩」運動的李春生而言，自覺必須冷靜、面壁、徹底的反省。

雖然停筆，但李春生並未與文學絕緣，他舉家遷來屏東，考入高雄師範學院國文系進修，其後又進入師大國文研究所深造，另外，他也在普考、高考過關斬將，而後受聘於省立內埔高級農工職業學校任教。

民國六十三年，李春生復出，除了大力在屏東推動文藝創作外，還將十年面壁之反省與沈思所得，以「一個遊民的看法和意見」爲題目，在「葡萄園」詩刊連載，此文足足連載了五年，共二十多萬字，由濂美出版社結集出版，易名爲「現代詩九論」。

「現代詩九論」是李春生的嘔心力作，榮獲中國文藝協會第二十三屆文藝獎章。

●林玲爲愛寫作

作家夫妻檔，大半是同走一條路，亦即丈夫是詩人，妻子也是詩人，或是丈夫是小說家，妻子也是小說家。

可是，林玲不同，她雖曾寫過新詩，但不同於老公執著一直寫詩。她的創作是多方面的，新詩、童詩、散文、小說，樣樣都寫，不過，她比較偏愛散文、童詩，尤其是散文產量最豐。

她比李春生慢來台灣，小時大陸淪陷，她父親隻身逃離大陸來台灣，她和媽媽、妹妹、弟弟均陷身於家鄉浙江省樂清縣。

民國三十九年，林玲的爸爸參加游擊隊，奇襲浙江沿海；他之所以參加游擊隊，一則是爲了救國，再則更是希望救出家人。

結果，林老先生出生入死終於把家人救出淪陷區，逃到披山島，再轉大陳島，四十一年時再由大陳來到台灣定居。

林玲畢業於台北女師。她寫作起步甚早，學生時代即擔任校刊主編，她對寫作一直有份狂熱，不管工作再忙再累，只要工作告一段落，最大的樂趣，就是閱讀與寫作，一桌一椅一杯茶，就能進入忘我境地。

她感情豐富富，文筆細膩，生在苦難時代，幼年即東跋西涉，生活歷鍊極爲豐富，照理說她作品應大多是小說，說也奇怪，她的小說作品並不多，但「稻子彎腰時」獲文復會的金筆獎，「陰影」獲青溪金環獎，倒都是小說獎，由此看來，她也是寫小說的瑰寶，不鳴則已，一鳴驚人。

林玲作品豐富，但出書不多，原因是她虔誠、謹愼、不踰越，老公沒結集出書，她不肯搶先出集子，正巧，李春生是個不喜歡出書湊熱鬧的人，結果，李春生出版了「現代詩九論」，林玲才跟著出「第一個十年」散文集。

看過林玲散文的人都知道，她是個很眞、很善、很美的人。亦就是她的作品很眞、充滿了眞愛，她不寫風花雪月，也不憑空杜撰，說明白些，是不爲「稿費」而寫作，而是爲「愛」而寫作，因此，讀她的作品，可讓人分享她的親切、溫馨。

●各走不同的文學道路

倆人都是作家，天經地義的，一定是志同道合，可是，他倆都異口地說：志不同道不合，亦即你走你的獨木橋，我走我的陽關道，各走各的路。

並不是不關心另一半，照李春生的說法是越幫越忙越亂，因爲詩的語言和小說、散文的語言，有絕對的出入，因爲詩强調表現，避免說白或敍述，必須大量運用意象，語言精鍊濃縮，因此，以寫詩的角度提供她在小說、散文的意見，弄砸機會更多，因此，除了欣賞她的作品、做第一位讀者外，他是盡量少去影響她，也不强迫她寫詩。

雖然是各寫各的，李春生倒是很感激林玲的催稿功夫，他是個生性疏放的人，很容易答應人家寫稿，結果又懶得動筆，一拖再拖。而林玲呢，個性很急，天天催他寫稿還文債，催得他火冒三丈，結果自然作品如期完成——他的作品大都是這種情形下完成。

在林玲的眼中，老公很少管她，也不逼她寫作，祇是希望她多讀書多創作，不過，她卻爲老公的「輕諾寡信」而緊張、躭心，催他、逼他，又急又氣，催急了老公的血壓又急速上升。瀕臨血壓爆炸的邊緣，爲此，她已到不勝壓力的虛弱狀態，爲了彼此健康和心情，她告訴老公：「你最好不要告訴我人家向你要稿的事。」她也要求老公，若是做不到的事，寧可拒絕，得罪朋友。

雖然倆人個性迥異，可是，倆人始終相愛、相敬，從不爭吵，林玲相當體諒老公的失信、健忘和糊塗，因爲她知道他的本性是如此——無爲而知。

林玲具有東方婦女的美德，很保守，家裏大小事統統由她做，處處以丈夫爲重，也以他的成就爲榮，每當李春生完成一篇作品時，她總是扮演第一個讀者，愉悅地欣賞，適切地讚賞。

她是作家，很能了解詩人心靈生活的重要，她說：一個藝術的工作者，如果在婚後，他能處處以家爲重，處處替老婆孩子著想，漸漸地，他必然會喪失赤子之心，他必須很辛苦的賺錢養家，他必須做許多與藝術完全無關的事，如此創作和家庭往往很難兼顧兼行。因此，她極力讓老公有個舒適的寫作環境，好好沈思，努力經營詩文。

李春生、林玲各走不同的文學道路，她的文章比較生活化、比較眞、可以歸在「平民文學」之列；他的文章比較空靈、比較美，可歸在「貴族文學」之列。不過，近來林玲似乎漸漸改變寫作的方向，默默地在鑽研童詩，並在她執教的公館國小，全力推動童詩教育，她之所以如此做，乃是希望讓新詩紮根，好讓更多的人懂得新詩、愛詩，甚至寫詩，她的一切努力想必是追隨老公寫詩的先兆吧！

●愛是雙方燃燒生命

很多人說，結婚是愛情的墳墓。

其實不然，若是雙方具有共同理想，相互體諒，結婚應該是愛情的延長，越久越甜蜜。

李春生、林玲因文學而認識而結婚而追求共同的理想。

想當年，李春生有如蕭伯納，寫了五百封信，二百零八首小詩，方俘虜到林玲。

想必會有很多人以爲，熱情似火的李春生，會一本往昔，繼續爲林玲寫情意綿綿的小詩。

對這，不但大家會大失所望，甚至身爲女主角的林玲，也同樣失望。

李春生自婚後便不再爲林玲寫詩，甚至是結婚照，林玲再三要他題首詩紀念，可是，他一拖再拖，直拖到兒子上了大學仍然未寫，林玲爲此好生失望、好生氣。

不過，失望歸失望，對他倆的愛不受影響——因爲愛可以原諒對方的不是。

林玲很會爲結婚照未題小詩解釋，她說：我的體驗是，「戀愛」是藝術家全力以赴的創作，新娘是他完成的作品，是他最珍惜的一本書、一幅畫、或是一首樂章，他曾是那麼努力，那麼熱烈的去完成它，婚後，他自然認爲沒有修改和重寫的必要了。

婚前，李春生有句很令林玲感動的話：「以我的生命燃燒你的生命。」現在，林玲才發現是李春生「創造」了林玲的生命。她說：使原本無用的生命，在李春生的「調教」下，發生了最大的光和熱。

比翼雙飛

王家誠／趙雲

●**王家誠**，民國二十一年生，遼寧省人。師大藝術系畢業，是畫家也是作家，曾任教於國立藝專、成功大學，現任台南師範學院教授。著有短篇小說「在那風沙的嶺上」，兒童文學「喜歡繪畫的皇帝」、「唐伯虎與桃花塢」、「中國古代的發明」等，傳記「中國文人畫家傳」、「吳昌碩傳」、「明四家傳」、「鄭板橋傳」等，並與趙雲合著散文集「男孩．女孩和花」。

●**趙雲**，民國二十一年生於越南，祖籍廣東。師範大學社會教育系新聞組畢業，目前任教於台南師範學院。著有短篇小說集「沈下去的月亮」、「把生命放在手中」，散文集「零時」、「男孩．女孩和花」、「心靈之旅」，兒童詩「音樂的小精靈」，及兒童文學「中國傳奇故事」、「南柯太守傳」、「中國神話——開天闢地」等。

上：民國四十九年，攝於王家誠服預官時。
下：王家誠、趙雲在他們的畫室中合影。

上：趙雲、王家誠的全家福。
下：民國五十一年，王家誠、趙雲留影於石門水庫。

■林剪雲

停橈靜聽曲中意 好是雲山韶濩音

●此中有眞意

事前，先以電話與王教授聯繫，約定見面時間地點，電話中王教授低沈溫柔的嗓音，留給了我深刻的印象；後來，在臺南師範學院門口見了面，他身材頎長，態度藹然，遼寧人呢！不見北方男兒粗獷豪邁的氣概，獨具南方書生溫文儒雅的風采，他後來以幽默的口吻跟我說，他身上流動著反東北傳統的血液，也自小就決意要娶南國女子。

趙雲教授是廣東人，有一雙美麗的眸子，南方兒女的深情沈靜盡在她流光顧盼間，所謂「有緣千里一線牽」，一個生於白山黑水，一個長於他國異域，因爲家園烽火，因爲越南排華，竟交集於海島的師範大學，成就了日後的美滿姻緣，文壇公認爲現代版的沈三白與芸娘，恩愛可見一斑。

走訪趙雲與王家城教授夫婦，是一個假日的午后，陽光很美，風也淡淡的，但落在現代繁華都市的喧囂中的古城，令人浮燥得很，直至王教授引領我至他們府上，拐進一片宿舍區，迎面而來的蔭涼及跳入眼簾的綠意，令人心神爲之颯爽，這才是古城本來的溫柔澄靜面貌啊！恩愛夫妻白頭偕老於此，不正是詩經所描繪的「桑者閒閒，行與子還」的恬然自適？

但是，踏入他們的家，我無法掩飾自己的驚異，一來是其狹窄簡陋到了令人匪夷所思的程度，堂堂中華民國的教授怎麼住這種宿舍？我後來說要拍照，他倆滿口答應，王教授還玩笑說，文訊接到這樣的照片，也許會「救濟」他們；二來是誤以爲踏入舊貨攤，除了滿屋子的畫，樑上掛的是各式各樣的風鈴，澎湖產的刺魚燈，架子上盡是我說不出箇所以然來的雕刻品及瓶瓶罐罐，還有一只撈自嘉義海域據說有三百萬年歷史頗讓王教授自得的牛頭骨；到處都是書，形容作「書滿爲患」一點兒也不誇張；這麼「豐盛」的一個家庭，廚房不但佔據最小的空間而且設備簡陋貧乏，沒有抽油煙機也沒有瓦斯爐；最讓我臉熱心愧的是，趙教授一篇篇優美如詩的文章，居然是趴在床上一張矮桌上寫出來的。

面對我的疑竇，他倆耐心的跟我解釋：以他們的收入，不是住不起比較好的房子，但自來此執教即一直住在這兒，感情深厚而且住得很習慣，所以一直沒有遷徙的打算；買書、買這些別人眼中視爲破爛的藝術品，是生活中莫大的喜樂；至於吃就不是什麼重大要事了，他們吃得很簡單；縮在牀上看書寫作，是因爲趙教授怕冷，她覺得這樣溫暖而且舒適，「張愛玲也是在牀上寫文章呢！」這是趙教授吾道不孤的自得。

對於享受慣了現代物質文明的我來說，這樣的生活應是「不堪其憂」，教授夫婦却是「不改其樂」，慢慢地，以心眼觀察，心靈體會，他們顯得擁擠雜亂的房子，其實別具情致巧思，有著主人自己的秩序，生活的品味不在物質的富裕，而是心靈的豐美，所謂「悠然心會，妙處難與君說」；趙教授的家居生活哲學是，與其浪擲那麼多時間在清理工作上，不如把時間拿來閱讀一本好書、觀賞一齣電影或海邊散散步，這對終日忙碌於清滌打掃的家庭主婦或許不可思議，或許不以爲然，但趙教授是「此中有眞意，欲辨已忘言」，夫婦倆過得舒暢自在。

●關關雎鳩，在河之洲

談起趙雲與王家城夫婦從交往、戀愛、訂婚至結婚，那眞是一頁浪漫的傳奇。

王教授喜歡誇張的宣稱，他與趙教授訂婚時兩人交往還不到一個月，其實這之前他倆已經認識一年多，在一次校方的聚會上，他們各是系的代表，當時趙教授留給他的印象是，衣著鮮亮，口齒清晰，平常在系裏很活躍。

眞正成爲情侶，說來，是文字來當紅娘。那時，王教授在聯合報副刊上讀到趙教授所發表的文章－流星雨，心中感受了那份絃外之音的悸動，方驚覺，這個看來活潑活躍的女孩，其實有著很孤獨的一面；後來與她深入交談，原來兩人對事物及未來前途的看法竟頗爲接近，相知相惜的情愫也就由此萌生了。

他倆是眞的交往不到一個月就訂婚了，而且還訂了三次婚。那回，他倆暢遊碧潭，回來路經一家教堂，金色夕陽灑在教堂屋頂上，神父正手持唸珠祈禱，氣氛有種聖潔純淨得令人感動的氤氳，於是，兩人就在教堂立了盟誓，王教授說，這算是「私訂終身」吧？系裡的同學知曉後，一起到內湖郊遊，以示慶賀，他倆又在同學面前公開訂一次婚；後來，王教授的父親問他聽說他有女朋友了，什麼時候要訂婚，當時是光復節前夕，王教授說：那就光復節好了，於是，光復節當天又由家人主持了一次訂婚儀式。

結婚儀式也是一天舉行三次。七月十二號那天早上，雖然新娘子不信教，但喜歡教堂的氣氛，一早他倆在天主教教堂舉行婚禮，來的都是信教的同學、朋友；中午，在國軍英雄館席開十桌，由師大校長證婚，來的是師長親友；到了晚上是宴請同學，當時大家剛畢業，同學沒錢送禮，他們沒錢宴客，於是一個人交二十塊錢，在碧潭以營火會方式舉行，在沙灘上點上營火，有竹子打成的營門，蛋糕就放在石頭上，來參加的客人由同學從西岸擺渡到東岸，客人拿鐵條穿鴨子、牛肉烤，同學紛紛表演拿手節目，而新娘子的捧花就只是一把野薑花。

●之子于歸，宜室宜家

光聽趙雲與王家誠教授夫妻倆從交往、訂婚至結婚的過程，實在浪漫又有趣，令人不飲自醉；然而，他倆民國四十八年結婚迄今，漫漫長長將近三十年的婚姻生活，始終恩愛不墜，這恐怕就不是單靠浪漫的情懷就能維繫的吧？老式的婚姻，有人比喻為一壺涼水，在時間歲月裡，越燒越熱；現代的婚姻，卻恰似一壺沸水，只能由熱變冷；而他倆是如何讓婚姻始終沸騰不已？這大概也是每個人急於一窺箇中奧祕的吧？

趙雲與王家誠教授認為維繫長久感情的主要方法，是互相尊重對方，在共同生活中他們各自是獨立完整的個體，相互幫助對方發展，王教授謙虛地說，他倆都不是很聰明，但懂得「合氣道」，將兩人的智慧融合在一起，可以幫助對方得到更大的發展。所謂相得益彰應該就是這個道理吧？

趙教授認為，自己較內向、冷靜，王教授則較外向、衝動，個性方面兩人可以說是屬於互補作用。但她強調夫妻和協之道應是「觀念重於性格」，因為誰都有性格缺點，誰都會情緒低潮，不可能改變一個人，也不能要求對方十全十美，要容忍、尊重、體諒對方。

談到現代夫妻往往一句「個性不合」就走上仳離之道，趙教授認為這是誠意問題，王教授也說眞誠最重要。因爲婚姻本來就很現實，不可能從朝至晚光談愛情沈醉在夢幻中就可以過了幾十年，像他倆也不是人家想像中從不吵架，可是碰上問題，有溝通的誠意；也有難以溝通的時候，那就退一步想想，其實對方對自己是很不錯的。

在實際的婚姻生活上，早期經濟很困難，尤其兩個女兒還小時，那時收入又不多，但並沒有導致困擾，王教授說他們是有錢時也不節儉，上夜總會、吃館子，沒錢時也不覺得痛苦。

他倆認爲，很多家庭在經濟上發生糾紛，是因爲都想擁有支配權，他們沒有這種私心，經濟上完全沒有隔閡，如王教授所說的，他領了薪水就交給趙教授，買書欠了賬也找她，趙教授說他：買東西不太考慮，欠了賬就要我去還，王教授幽了她一默：所以有時候她也感到很驕傲，一個男人出去居然可以欠賬。聽了令人會心一笑。孝敬雙方老人家的費用也都是公開的，他倆都沒有所謂的私房錢。

至於家務事方面，因爲兩人都要上班，所以是趙教授有課時，他做飯；王教授有課時，她做飯；洗衣服帶小孩兩人則同心協力，互助合作。行文至此，實在爲衆多視妻子外出工作分擔家計爲理所當然，卻又擺出傳統「君子遠庖廚」架勢的新男性汗顏。

●琴瑟友之、鐘鼓樂之

王教授是北人，趙教授是南人；他學的是藝術，她學的是社會教育，說是南轅北轍不爲過吧？近水樓臺的是他倆是師大同學，搭起了情誼的橋樑；但眞正是他倆的共同興趣且成爲後來三十年婚姻生活共通橋樑的，是文學。

趙教授在越南時曾經從事新聞採訪，回臺灣之後，她說她向來都很坦白的承認，一開始寫作是爲了賺取稿費，曾獲得多位編輯的鼓勵，後來覺得自己要這樣寫下去必須自我充實，當時的「現代文學」、

「筆匯」介紹很多新的文學理論，給予她很大的啓發，開始知道寫作並不是多愁善感，而是有其理想及時代思潮。以前喜歡寫小說，覺得一篇小說就是一個實驗；現在則偏愛散文，可以直接表達心中的想法、意念。

王教授說他的寫作態度很嚴謹，但採取幽默的筆法，他的作品可分爲幾方面：一是對時代的觀察，以短篇小說或散文來表達；二是對生活的看法與感受，喜歡以哲學性散文或幽默的筆調來表現；功夫花得最深的則是中國藝術家專集，已經花去將近二十年的時間，計劃退休後繼續朝這方面努力，這一系列專集，是爲中國過去偉大的藝術家寫傳，從史料、作品去揣摩體驗該位藝術家的生活、感情及藝術思想演變過程，再以小說體裁來寫作，既要符合歷史的眞實性，又要有文學的可讀性，同時能表現該位藝術家的藝術思想及成就，以前是寫短篇的，以後慢慢有了經驗，現在寫的都是長篇的，最近五年專門給「故宮文物月刊」寫長篇連載。

身爲藝術家，他很爲中國的藝術家叫屈，所謂傳記只是在文學或史書上記下寥寥幾行，對於其一生思想的演變及畫風的變化根本無法表現出來，不像外國的藝術家不但寫成厚厚的傳記，還拍成電影，這是他致力寫中國藝術家專集的動機，花費心血很大，搜集有關這方面的書籍最多。

寫作方面雖然不太一樣，但寫作是他倆共通的興趣，從這裡面有談不完的話題，而且還一直互相分享創作的苦樂，當心中有某個寫作計劃時，提出來彼此討論，不但將模糊的概念廓清而且具體化起來，兩位教授都認爲，夫妻之間感情再怎麼好，也不可能整日盡談藝術與思想，藉著考核、審查、欣賞對方的作品，並提出問題，不但可以彼此了解內心的另一層面，還可以互相激盪出更好的作品。

正如趙雲及王家誠教授所說的，她對於繪畫還僅止於欣賞，他對教育也沒有很深入的研究，文學，不僅爲他倆的姻緣作媒，也成了三十年婚姻歲月最重要的溝通橋樑。

●疏狂又何妨

他倆都是率性之人。

當他人將錢拿來添衣購物時，他倆把錢花在購置別人眼中形同破瓶爛罐的藝品。

他們沒有時間整理廚房，却逍遙自在地坐擁一室書城，這不是活生生李珣「書滿架，名利不將心挂」的畫面嗎？

臺南師範學院是不抓學生單車雙載的，因爲教官說得理直氣壯：現在警察也不抓了，老師也單車雙載，有什麼理由禁止學生單車雙載呢？所謂「老師也單車雙載」，趙雲與王家誠教授夫妻倆是也，他們是從年輕單車雙載到現在，趙教授笑著嗔怪王教授：你這樣說，待會兒她寫出來了，教育廳長就會來找你。找他倆作什麼呢？且聽他們再敍述這麼浪漫又有趣的生活情調一番！

從同學時代迄今，出門一定自然而然的牽手，眞正做到了本省人所說妻子即是「牽手」，他們覺得奇怪的是，爲什麼很多夫妻連這一點都做不到呢？

走在街上喜歡吃零食；跟女兒像跟朋友相處。

對通俗藝術及通俗文學持正面肯定態度，年輕時也喜歡看武俠小說，功課做得很忙很累時，也看看「連環泡」，歌仔戲也看，或來一段平劇。

他們的生活態度就是如此坦誠率眞，生活哲學是順其自然，而且不論貧窮或逆境，都能怡然自得，不禁令人想起「旁觀拍手笑疏狂；疏又何妨，狂又何妨」的辭句。

現代人生活得太實際，視界只看到眼前目下，正如「史記」貨殖傳序所言：「天下熙熙，皆爲利來；天下攘攘，皆爲利往」，浮沈於煙波蕩漾的欲海中，每個人宛如行舟，舟行往來如織，匆匆忙忙，各奔前程，連愛情與婚姻都不及細細品味，成了速食店的漢堡，眞情摯意也化爲滾滾逝水，贏得了名利物欲的滿足，而失去的呢?還有心頭過多的迷惘與惆悵呢？

趙雲與王家誠教授，其人彷彿自詩經走出來的，是溫柔敦厚的典範，而他們的生活、愛情與婚姻，又多麼耐人咀嚼，「停橈靜聽曲中意，好是雲山韶濩音」靜一靜向來急躁的心靈，停一停過度匆促的行程，好好體會，也許另有一番感悟吧！

比翼雙飛

王賢忠／鄧藹梅

●**王賢忠**，民國二十一年生，安徽合肥人。陸軍官校畢業，曾任中國海專教師、榮光月刊主編等職，目前擔任青年日報副刊主編。著作有長篇小說「大草原」、「邊漠英豪」、「鷹愁嶺」等。曾以短篇「搜索排」、「歐陽的步三連」，獲國軍第一屆及第九屆文藝金像獎。

●**鄧藹梅**，民國三十年生，安徽壽縣人。師範大學英語系畢，現任教國中。著有長篇小說「怡園春曉」、「天堂鳥」、「昨日已遠」、「新緣」、「陌生人」、「秋天長天」及短篇小說集「夢幻煙雲」、「晚霞」、「半個月亮」、「歸雁」等。曾獲第十七屆中國文藝協會小說獎。

上：民國五十四年，夫婦二人攝於鄧藹梅師大畢業典禮後。

下：全家福。

王賢忠、鄧藹梅二十多年來共同爲長篇小說的創作努力。

合寫一部溫暖的「長篇」

■江　兒

●有愛心而無私心、肩担社會教化

新掌「青年」副刊之後，王賢忠的生活步調突然變奏般加快了幾倍，原本清悠蟄居於木柵「棲霞山莊」裡教書寫作的日子，亦不得不倏忽中止；即連這次的叩訪，時地也幾經遷變，但在短短幾日電話頻繁來去的言語相識中，似乎已能肯定此番微雨週末夜晚的訪談，將極其平易溫馨。

幾近人煙絕跡的山腰寓所裡，入夜後更靜如僻冷的鄉野人家，山風不興，細雨不擾，卻是王主編爽朗低渾的說話聲夾著電視裡的對白，清楚地在耳畔交響。王太太鄧藹梅旁坐沙發，邊看節目邊聽著王賢忠的心得發表，初接副刊編務，他覺得自己責任深重。

「我的原則很簡單，就是『鼓勵新人，肯定老作家』，絕不存一點點門戶之見，祇問文章好不好，內容有否可讀性；而一旦必須退稿時，唯恐自己過於主觀，將儘量另請名家過目確認之後，才謹愼地退還。」但是他也絕不用「色情、黑色、有不良導向」的作品，因爲他認爲「副刊有提昇社會教化的功能與肩責，至少不能產生反作用；担任主編的人，更要具有愛心，專注每一個作者與其作品，並接納、鼓勵任一形式的文章，不只小說、散文或新詩，更應擴及戲劇、評論、文化、藝術等領域，使其風貌多樣而豐富……。」

講到稍許激動之際，他甚至强調：「我可以對天發誓，不是百分之九十九，而是百分之百的絕無私心。」

●君子之交與好人有好報

這樣的開場，其實正是他性情懇實，坦誠更率直的展現，於是，即使話題轉入了他們夫妻倆，當初如何認識，乃至於怎樣結合的過程，他一樣可以毫不隱掩什麼地說道：「很簡單啊！在幾次文藝聚會的活動中相識之後，我決心要討她當太太，經過差不多兩年的交往，我們就結婚了。」那是民國五十四、五年左右的事了，可能距今太過遙遠，聽他回憶起來竟像是哄騙小孩的童話所敍「在很久很久以前，有一位英俊的王子愛上了一位美麗的公主……最後他們一同克服了萬難，成爲一對恩愛的夫妻。」

彼時，鄧藹梅小姐已頗有文名，就讀於師大英語系，在女作家仍屬「少數民族」的文壇裡，堪稱耀眼出衆，王賢忠很誠實地作答說：「見到她之前，我已拜讀過她的作品，後來有機會認識她，覺得她蠻漂亮，有才華，個性又好，並且在那會兒讀大學的女孩子更是不容易，有道是：窈窕淑女，君子好逑。我便暗暗發誓，一定要娶她當太太。」說到這裡，鄧藹梅淡淡微羞的笑容側過身來看著他，然後插進一句：「可惜剛開始我對他印象模糊，和其他的男孩子沒有兩樣。」

「所以我能娶到她，感到很得意也很高興，我想這是我的幸運和福氣。」他原先是個軍人，打過金門的八二三砲戰，和許多上一代的大陸青年一樣，隨軍伍流離轉戰，爲國流血灑淚，但因深知自己這一生的志業和興趣實在是在文學創作上，於是幹完營長之後，一有機會，他便勤學苦讀，經過考試而轉爲軍訓教官，他說：「這一來，我才有時間寫東西，有更多的閒暇接觸我所熱愛的文學。」

他用「君子之交」來形容他們相戀相處的過程，未結婚前，好像連牽手也不曾，甚至寫信最長亦不超過一百個字。何以如此，鄧藹梅的補充是：「我很不喜歡寫信，兩人又都住在台北，信的內容通常把約見面的時間地點交待了就是。」這位認眞而用心的男子卻另有他的解釋：「信不必長，簡單有力的幾句話比長篇大論更能感動人，更令人印象深刻。」物質享受與經濟水平不怎麼好的那個年代，相約散步談心是最常見的交往方式，另外，頂多偶而去看場電影、聽齣戲，變化並不像今天這麼多。

中國人有一種極古老而傳統的信念是：好人有好報。王賢忠說：「我以誠懇的態度待人，也相信老天一定不會虧待我。」決定嫁給他時，新娘子的心情正是：感覺他這個人很老實很可靠，彼此也能相互了解，並且自己已到了該結婚的年齡了。

●癡心寫作，生活單純

這位隻身來臺的青年，身材魁梧，額高頰寬，乍見或覺是北方人，其實他祖籍安徽，但究其三部長篇小說：「大草原」、「鷹愁嶺」與「邊漠英豪」，故事的背景卻都屬關外或遼闊的邊疆。原來，他們家有個親戚曾在新疆爲官，小時，有一段時間到那兒玩過，對當地的風土人情自然有相當程度的認識與了解，但是在小說中他最想表達的卻是：中國人堅韌、能忍辱、肯吃苦的精神，並爲歷史做見證—抗戰絕不是共產黨打的，而是國軍和所有老百姓併肩犧牲的結果。

祇是歷史的演進猶如生命，難免有錯誤以及不公平的對待，國軍打贏了貪婪如獸的日本鬼子，卻忽略了面善心惡、居心叵測的內賊，許多人是怎麼做夢也想不到，過海來台一待就是四十年，孑然孤零者，比比皆是，而王賢忠正是這其中之一。娶得鄧藹梅，岳母對他特是疼愛，突然間他彷彿擁有了原本失去的一切，婚後溫暖、平靜、有寄託的家庭生活，讓他一再重複地表示：「我一直心存感激。」

離開軍營後，他先後在「世新」、「東吳」等校擔任管理組長、舍監，也在中國海專講授國文、應用文的課程；他回憶身爲舍監而住在學校的那段日子：「每天晚上，吃飽飯後，我什麼地方也不去，用保溫杯冲了杯熱茶，就靜坐在清涼的窗前寫東西，常常，從一坐下到驀然再起身，伸手想拿保溫杯喝茶時，總是楞地一驚，怎麼茶已冷了？不是才剛泡嗎？」甚至有時一寫到天亮，那種專注投入在創作上的快樂，王賢忠說：「我原本就少有嗜好，癡心於寫作之後，生活更單純了，這對我的幫助很大，否則我的時間一定會被其他雜瑣的事浪費掉了。」

先生教書、寫稿，少有應酬交際的精神磨耗，一有空更不思什麼遊樂暇懶，多半就在書房閱讀或陪伴子女作功課聊天；當太太的也約莫就是這樣的生活，把家照顧得乾淨清爽，將小孩養得聰明健康，其餘的時間和精神，鄧藹梅說：「我們也就彼此不干擾，各在各的房間寫文章。」

如今一兒一女皆已長大，老大在台北護專，老二就讀於中興大學物理系，走得雖是和文學藝術全然不相干的路線，但是他們卻一點也不以爲憾：「讓他們選擇自己所要的，自己去努力，順其自然發展就好。」男孩愛看武俠小說，女兒偏好文藝性節目，和時下的年輕人有著共同的傾向與流行，他們認爲這是個很健康的現象。

●勤耕密織，洋洋十八部長篇

在著作上，鄧藹梅勤耕密織，擁有洋洋十八部長篇小說，兩部中篇，三本短篇集子，可謂「著作等身」。有著如此豐盛的創作量，十數年來默默持恆地寫著，身爲副刊主編的丈夫王賢忠卻頗有感慨地說：「這是一個重宣傳的時代，可惜我們兩人的個性都較保守，一直不懂得自我推銷；我曾經仔細而認眞地把她的文章，拿來和今天當令正紅女作家的作品比較，撇開我們這一層夫妻關係，我仍敢說她的成績一點也不遜色於其中任何一個；雖然我目前職掌了副刊主編的工作，反而更得向她抱歉，因爲這一來，我尤其無法幫她做推介的工作。」

這位標準好丈夫的心情，鄧藹梅當然懂得，他的體貼讓她浮泛起一臉幸福的笑容，然而「文章千古事，得失寸心知。」寫作而來的名利，終究是身外了些。她的看法是：「不見得人人能有傳世之作，如果一個寫作的人，能夠提供那個時代某一層面讀者的需要，讓他們從作品中得到精神上的慰藉與補償，甚或是因之邊看邊落淚邊發笑，只是一種心緒上的發洩，總比讓他們去做了不理智、胡搞亂來的事好些。」

起先，她還在大學時，寫的東西也泰半是短篇小說，第一篇發表在穆中南主編的「文壇」上，並立即獲得他的約見與鼓勵，隨之「作品」雜誌上更陸續有作品露臉，能與當時已是一方大家的章君穀、孟瑤、高陽等人一道出現，鄧藹梅說：「眞是與有榮焉，且建立莫大的信心。」於是她愈寫愈起勁，乃至於有一天某報刊主編竟開口邀她來個長篇試試，她一口氣答應下來，倒無任何慌亂的感覺，並且就這樣輕鬆而帶點糊塗地跨入長篇創作的行列。

觀看現今社會的文化風氣，頗有捨「長重厚實」而就「輕薄短小」的趨勢，是由於大家的閒情少了，也比較功利；這種轉變，自然會影響到剛起步的年輕作者；這種環境，若想培養一個創作「長篇」的好手，必定殊加不易；況且「長篇」的產生多屬主編請邀而寫，傻呼呼地費用一長段時光和心力，寫成一部長篇作品卻很可能不被採用的結果，使得大多數人不願輕易嚐試，至於有否這等筆力、耐力和題材可爲，那就先且不說了。

從十多年前的第一部，「雨潤煙濃」開始，到去年在青年日報連載的「別怕陌生人」爲止，她說：「通常都是先有個構想在腦海中，可是並不明確，等到主編在十天或半個月前打來電話後，擬定了人物和大致的方向，就振筆疾書，使報社方面能有個安全的預存量，然後再一天寫個千把字，這樣一篇下來總在十五萬字左右；習慣上，我喜歡『寫實』與『浪漫而略帶懸疑』的兩種風格，前後交錯著寫，不僅是讀者，這樣自己也可以比較不容易疲憊。」

長篇小說規模龐大，故事發生的時間軸通常也拉得蠻遠，因此，除了「文字優美流暢」是先決條件外，更得使「情節高低起伏有致，人物鮮明，對話活潑。」鄧藹梅對自己的作品稍做了個結論是：「故事的導向得具有啓發性，表現出人間的溫情和人性的善良，並環繞著『愛與希望』這兩項主要意念做闡述與發揚。」

她十分懷念年輕歲月曾捧讀過的一些長篇佳作，比如張漱寒的「七孔笛」、「意難忘」，或是徐訏的「風蕭蕭」、孟瑤的「窮巷」等，以她自己的成長經驗而論，她總覺得少女時期能有好的抒情小說作爲浮盪心緒的排遣之道，比起目下被不良漫畫書與泛濫的色情錄影帶給污染或誤導，要好得多了，而這種體察與期盼，多少也是促使她不斷用心於「長篇創作」的動力，她說：「文字潛移默化的功效實不可忽視，長篇小說的影響力更是深遠而悠長。」

●文章誤我三十年？

和鄧藹梅攜手並行了二十來年，過著既平靜又淡然溫馨的生活，王賢忠說：「一個人的觀念與心情，將絕對影響這個人的一生幸福，直到現在，我雖然沒有什麼輝煌的前途與成果，可是我十分滿意我的家庭，以及太太賜給我的這一切。」「祇是，」他吐了口氣搖頭說：「有時難免會有『文章誤我三十年』的慨歎，祇因當年選擇了文學這條路，看著同儕而今或已是上將，或做了大學校長，怎能不生唏噓之情？」

但這二十多年，這兩支勇健奔馳於「長篇大草原」上的小說筆，卻始終不曾喊累，很少停下步來說：「算了，不走了。」依舊在教書提攜莘莘學子之餘，把閒長的夜晚給了一篇篇擲滿新意和生命的小說創作。是以細品王主編有感而發的「文章誤我三十年」這句話，其實是一份認眞刻劃於文學世界心情的反面寫照，他們不僅僅生活裡因共同的志業結爲夫妻，實則更在漫長的人生道路上，用心地在合寫一部溫暖的「長篇」。

比翼雙飛

李殿魁／鄭向恆

●**李殿魁**，民國二十二年生，上海市人。國家文學博士、巴黎大學高等研究院研究。曾任文化大學中文系教授兼系主任、戲劇系教授，師範大學兼任教授，現任花蓮師院語文教育系主任。著有「談詞」、「元散曲訂律」等書。

●**鄭向恆**，民國二十八年生，浙江嘉興人。中國文化大學博士班、巴黎大學第五高等研究所研究，曾任教文化大學、淡江大學、世界新專等校。曾獲得七十二年度中興文藝獎，著有遊記「半個地球」、「歐遊心影」、「梅花香溢印度洋」、評論「東坡樂府校訂箋注」、「陶淵明作品研究」、「中國戲劇創作與鑑賞」。

上：民國五十五年，李殿魁、鄭向恆與雙胞胎女兒。

下：民國五十三年八月李殿魁、鄭向恆結婚，右一、左一爲鄭向恆的雙親。

上：全家福。

下右：民國六十一年，李殿魁獲國家文學博士，全家與張其昀先生合影。

下左：民國五十三年夫婦倆攝於住所。

「雙玉齋」中的好書與好酒

■李宗慈

在萬大路，「仰觀堂書齋」是李殿魁教授仰觀天象，俯勘萬物於書林的地方；在木柵，「南山居」樓中樓裡的「雙玉齋」，更是李教授寫大塊文章，陶養天地氣宇於胸的地方。他說：

「以前，起『仰觀堂』爲書房的名字，有兩個原因，其一，『仰觀堂』顧名思義，乃是仰頭看天，生活於宇宙、天地之間。其二，則是發現自己的學術心路歷程，與民初的學者王國維有著不謀而合的相同點。王氏是中國近代第一個研究戲曲史的人，而我則是由戲曲音樂爲起首點。王氏當年，正值甲骨文出土及敦煌卷軸的發現，因而寫成了許多關於考古、甲骨等方面的文章。至於我，當我還在大學中讀書的時候，喜歡的就是甲骨及考古方面的學問。到法國留學時，研究的是敦煌，在學校中講授的課程，不外乎戲曲研究、古文學研究，再加上對觀堂先生（王國維的號）的仰慕，願意以學術追隨王國維，所以取『仰觀堂』爲書齋之名。」

自從搬到木柵，左邊依傍著指南山麓的仙跡岩，不但風景清幽，並且還頗具有幾分陶淵明「采菊東籬下，幽然見南山」的況味。所以居家爲「傍南山居」。

至於書房「雙玉齋」之名因何而來，李殿魁則笑而不答。原來，「雙玉齋」之名，不是教授自取的，而是文友們笑說李教授及夫人（鄭向恆教授），同爲教授，卻又好文章，報端上不是出現李師的文物，便是見到鄭師的大作，猶如一對文學天地的璧人般，故擬「雙玉齋」，送給他們作爲書房之名。那時候，臺靜農教授還特地寫了一幅「雙玉齋」的字，送給他們。

●立志從軍，未償宿願

對於江蘇籍的李殿魁而言，十二歲隻身隨著一位父執輩來到台灣時，大陸淪陷前的種種艱難，在在成爲他幼小心靈不可磨滅的戮痕，也成爲他成長歲月中，自勉自勵的基石。他深刻的知道，唯有「自立」，才能走出一條寬拓的大道。

民國四十四年，太平艦沈沒的消息傳來，國內青年學生掀起從軍報國的狂潮。在基隆讀高中的李殿魁，也決心投效海軍，便從基隆騎著借來的脚踏車，一路趕到大直，在通過三天的筆試及口試後，沒料到，最後却因爲體重不夠而被淘汰。

主考官愛莫能助的對他說：「你的體重少了三公斤。」差點當場哭出來的李殿魁，推著脚踏車步出海軍總部，想著未來的路，眞不知該如何走下去。

同考的朋友還放馬後砲的說：「你先吃三公斤香蕉就好了。」李殿魁在心中苦笑的說：「我至少應該喝幾公斤自來水。」因爲他口袋裡一文錢也沒有。

雖然，父執待他一如己出，但是他仍拚命的苦讀，咬緊牙關的衝刺，只爲了每次考試都拿第一名，因爲，這是他唯一能回報給照顧他的父執。

到了放假日，他也不願出外花錢遊樂，以最便宜的口琴，配合著收音機裡的音樂，自我摸索的吹壞了五支。後來迷上了國樂，便和四位同學一起去拜訪中廣國樂團團長高子銘，並且四個人各出三十元，合買了一支笛子，定期從基隆到台北學習吹奏，只是，沒幾次，另三個同學不學了，笛子成爲他個人的，練習的時間也更多了。

除了跟高子銘學吹笛外，他又加入國樂、平劇等社團，更參加了救國團的幼獅樂團，繼續研習他所喜愛的國樂。

●抉擇

由於海軍沒去成，考大學時，這位多才多藝，功課又科科都好的李殿魁，着實不知該在志向中選那一項。最後，他在考慮經濟條件及心存「中國人應弄通中文」的大原則下，把師範大學國文系列為第一志願。放榜時，這個父母不在身邊的孩子，如願以償的考上了第一志願，不知羨煞多少同學及他們的父母。

開學，凡是好老師的課他都選，課餘，更替學校總務組刻三毛錢一張的講義，並且又兼了兩個家教，開始了獨立自主的生活。

在即將畢業的那一年，在他所愛的樂團裡，他認識了長於琵琶、古箏的學妹鄭向恆，開始他拎樂器的生涯。

軍人子女出身的鄭向恆，也是位刻苦自勵的好孩子。不但修習的也是中文系的功課，並且經常抱著樂器擠公車，到正聲公司跟周岐峯先生學習。

由於同是樂團的團員，再加上當時電視台剛成立，樂團上電視台演奏音樂非常頻繁，團員練習的時間也就增加了。但是這對李殿魁與鄭向恆而言，接觸時間的增加，只是更為熟稔對方而已。因為，李殿魁深知自己是個沒家的孩子，遑論能夠給鄭向恆一個家。因此，他們只是相互熟識著，相互彈奏著自己的樂器。

服過兵役後的李殿魁，被分發在新竹中學教書，但是高張的求學求知的心情，只有繼續研讀學問來充實。他旋即考上當年中國文化學院的中文研究所，並且以「元代散曲」爲研究主題。

由於他的努力向學，很受當年文大創辦人張其昀博士的欣賞，總是處處的幫他忙。而好學不倦的李殿魁，更是不放過任何一個增長學識的機會，並且抽空跟胡品清教授學法文。

民國五十三年，李殿魁以總平均九十三分的高分，第一名畢業並且獲得碩士學位。也在此時，與剛獲得師大文學碩士學位的鄭向恆成婚。

●自然的結識與相知

說起「自小對家的溫暖」，鄭向恆便想起那段年輕的往事。由於興趣相投，又同是愛好國樂，再加上所學相同，認識的經過便是再自然不過的了。只不過，腼腆的李殿魁始終不曾表示過什麼，直到同學們來爲他們做媒，家人還很猶豫地問：「你難道沒有其他選擇呀？」

猶記得那些魚雁往返的信札，數說不盡的豈只是兒女情長，那一封封用毛筆寫就的「情書」，攤放開來，好不令人生羨，無怪乎人們總愛說「信是最美的聯繫。」而這些收集整齊，特意歸放一起的「回憶」，還曾經展露在一份婦女雜誌的「情書篇」呢。

翻讀其中一、二，除了互相問安，讀書報告及你你我我外，更多的是中國樂曲的探研。猶記得，當年華岡國樂團膺選爲墨西哥世運會演奏時，身爲團長的李殿魁，即曾以梆笛吹奏的「陽明春曉」，風靡了墨西哥世運會；而鄭向恆隨同「梅花訪問團」遍訪非洲各國時，也是一路宣揚著中國樂器。

曾經，他以二十四小時三班制全力以赴的精神和態度，在四年中，完成了文化大學「中文大辭典」編纂的工作，並且出齊全部四十本。

後來，他以整整兩年的時間，守著一個小閣樓，作了一箱子的卡片，以謀求解決音樂與格律的問題。指導教授鄭騫，在和他討論印證其用功的情形後，說，「三十年來，你是第一個眞正肯花功夫的人，你可以一窺中國劇曲的堂奧了。」

民國六十年，李殿魁以「元代散曲」得到國家文學博士學位，再加上鄭向恆在琵琶、古箏上的專精，形成極爲出色的一對，他們倆以學者身份夫唱婦隨，共同爲中國傳統音樂而盡力。

●負笈異國，研讀敦煌

民國六十三年，李殿魁、鄭向恆夫婦聯袂到巴黎，以巴黎大學第五高等研究院客座教授的身份，廣結漢學學者，並且飽讀敦煌史料。當回國之時，他們帶回的不只是兩百公斤的「敦煌學」等書籍，還有滿腹的敦煌學研究心得。

對李殿魁而言，那段自修的時間極爲甜美。他一向喜歡新出土的資料，而由於伯希和自我國運走了大批的敦煌卷子，正存放在法蘭西圖書館中，他遍讀卷子，又向當地敦煌學家請益，這眞是千載難逢的機會。

當再站到講台上時，他把社會學、小學、戲劇等課程加入，自己也開始在台上「說說唱唱」。因此，當他對學生口述「琵琶記」、「西廂記」時，同時也告訴同學在演傳統戲時的舞台、化粧，及聲光種種，同學不須背誦，已然把整齣故事銘刻在心。

在他雙玉齋中的藏書，多以文字、戲曲及文學史爲主，不但故事收集豐富，資料齊全，並且在收集各種戲曲音樂書的同時，也收集唱腔、唱譜、劇本、唱片、錄音帶，以至於錄音帶，造成了他研究學問上，由平面而立體的五度空間。

又由於研究戲曲，必然得走上地方戲曲，因此便須要了解各地方的方言，這與他在以文字、語言爲主的收集上有了並行的交點，也促使他在整個學術的工作上，眞正享受到古人所謂的「觸類旁通」的快樂。

●相等熱心與熱情

至於鄭向恆，這位隨和而且善良又心軟的「女人」，李殿魁說：「她待人熱心且厚道，爲別人的事，可以一夜不睡覺的操心；她也很適合作個現代的社會婦女工作者，尤其是她很能適應團體生活，又不是一個很堅持自己原則的人，流露在外的，除了熱心，便是熱情。」

她也是家中的「火德星君」，往往做了這，忘了那兒，隨時都有可能把一壺水燒乾而不自知，也因此，家人常要爲她特別注意。所以家中的孩子，很小就被訓練了自己照顧自己的本事，必要時，還得照顧「女主人」！但是只要她一回家，家就便熱鬧了，她，永遠是家中的靈魂。

而李殿魁這位文學博士呢？他有開朗的個性，好客的熱情，做起學問的專注，總是令人佩服。而他在做學問之餘，尚且能相應的照顧家庭、孩子—尤其是鄭向恆多次出國期間。他的觀念是：兩人一起生活，必須要有責任感，有認同感，互相容忍，也要互相教育。

●幸福聲中，樂音齊鳴

在李家，當志同道合的朋友聚集一堂時，最是熱鬧。女主人鄭向恆能燒一手好菜，男主人李殿魁則能煮最香的古茗，大家暢談古今上下，眞是不亦樂乎，往往談到半夜，木柵的月色西斜，才盡興而歸。

李府中的子女，個個繼承了他倆長於音樂的遺傳，彈古箏、琵琶、鋼琴、吹口琴、笛子，若是一家人一塊齊奏，那可真是樂音嫋嫋！

文友們常說，李府雙玉齋中有「好書、好酒、好茶、好壺、好筆、好硯和好墨」，臺靜農教授更曾題寫：

「一勺水八斗才，
引茶性眞味來。」

比翼雙飛

魯稚子／胡有瑞

●**魯稚子**，本名饒曉明，民國二十五年生，廣東潮安人。國立台灣藝專、日本富士電視學院畢業，曾製作「萬古流芳」、「一代暴君」、「大地風雷」等劇。編寫電影劇本「琴韻心聲」、「梨山春曉」、話劇劇本「海宇春回」、「石破天驚」等。著有「現代電影導演散論」、「電影藝術漫談」、「銀幕上下談」等。曾獲金鐘獎、第三屆青年文藝獎（戲劇類）、第十屆文藝協會文藝獎章、金馬獎最佳編劇、中山文藝獎、中國戲劇學會魁星獎。

●**胡有瑞**，民國三十二年生，江西南昌人。政大新聞系畢業，曾任記者、中央日報副刊主編、中央月刊總編輯，世界新專、輔仁大學講師等職。著有「華夏之光」、「現代學人散記」，傳記「蔣夢麟傳」等。

下：魯稚子是胡有瑞寫作上的最佳顧問與精神支柱。
上：魯稚子與胡有瑞的結婚照。

上：夫妻倆在中副晨鐘讀者新春茶會中與陳立夫先生合影。
下：夫妻倆相伴已走了二十五個年頭了。

因電影結緣，以文學互愛

■楊錦郁

從政大新聞系畢業後，胡有瑞堅守在新聞崗位上已經超過了四分之一世紀，在漫長的歲月中，她因工作得以閱歷人生百態，自己的個性也逐漸由青澀變得成熟。她說，從事新聞工作的最大收獲就是交到很多朋友。她的朋友無分貴賤，上至學者要人，下至市販走卒，都和她無話不談，她自己也弄不清楚箇中原因，只道，「我喜歡朋友，每當我在生活上遇到挫折，都是朋友幫我渡過。」猶記得年前，她工作職務有了調動，當晚，家中不約而同來了幾個摯友，熱呼呼的陪她、逗她，以免她心情不好。快過年時，她忙得沒有時間上市場，結果市場裡的雞販竟然提了兩隻雞一路問上門，說：「胡小姐，這是我特地爲妳留的。」連很多先和她另一半饒曉明結識的朋友，到後來反倒和她比較熟稔。

提起了這另一半，饒曉明說，她柔中有剛，她在外面可以獨當一面，任勞任怨，有時遇到委屈，只會向他傾訴，不過要當她的解鈴人並不簡單，因爲她總是護著朋友，每當饒曉明聽完她的牢騷，中肯地說：「對方那樣做的確有些不對。」她馬上會反駁說：「對方那有什麼不對。」一句話頂得他啞口無言，倒怪自己多事了。

好在多年的夫妻生活，彼此的性子也摸透了，他是從不和她計較，畢竟自己是一路看她成長過來的。

●以寫作結緣

結縭二十年，提起初識那一段陳封的往事，夫妻倆甜蜜的對望一眼說，「那是一段曲折的故事」，只是經過了時間的過濾，曲折揮發了，只有濃情沈在心底深處發釀。

猶記得約是二十五年前的事，胡有瑞剛踏出校門，進入中央日報當記者，活潑甜美的她在跑新聞之餘，還在台視主持一個藝文性的節目，而當時已經赫赫有名的影評人魯稚子，也就是饒曉明先生正在台視擔任編審。

饒曉明很早就對電影有濃厚的興趣，所以他選擇以電影爲鑽研的對象，他尤擅長電影理論，是國內幾位元老級的影評人之一，由於他讀書時就不斷在報章雜誌開闢專欄寫稿，多年摸索下來，對寫稿早就應付自如。他在台視初識胡有瑞，稟於生性熱忱，便以先進的身分指導胡有瑞如何撰稿。

胡有瑞得識這位大名鼎鼎的作家，禁不住對他言聽必從，連在報社寫新聞稿時，也要打個電話向他請教，才敢安心動筆，饒曉明告訴她一個寫作的祕訣，就是文章的開頭要俐落，好像一部電影的「鳳頭」一樣，光看前面便可知成敗，同時句子要短，段落也不要過長，彷如戲劇的分場、分鏡。胡有瑞稟持這個訣竅，很快豎立起自己文章的風格，彼時，只要在中央日報上看到簡潔暢快的文字，便可斷定是出自她的筆下。

文章順利起個頭，連帶也使雙方的感情有了好的開端，三十二歲時，饒曉明放棄了單身貴族的頭銜，將胡有瑞迎娶回家。婚後，兩個人共同在工作上繼續衝刺，胡有瑞也從人妻搖身變成一個孩子的媽媽。

新聞工作原就見有相當的機動性和挑戰性，繁複的工作使她經常要熬到深夜十二點才下班，以這種工作方式要全力來帶孩子似乎是不可能，於是她便將孩子託給媽媽帶，可是，饒曉明卻捨不得和孩子分開，每天下班後，便趕緊將女兒接回來，親自帶她，爲了全心陪伴女兒，他推掉夜間的一切應酬，甘心待在家裡守候妻子歸來，結果，女兒在他倆的呵護中逐漸長大，他也在搖籃旁邊寫出不少文章。

胡有瑞開朗爽快的個性配上饒曉明的穩重隨和，使他們的小家庭在假日裡經常高朋滿座，十坪不到的客廳，最高記錄曾經擠了將近四十個客人，他們品嚐胡有瑞親手烹調的料理，天南地北閒扯著，永遠不愁沒有人應和，因爲饒曉明就是一個最好的聽衆，他說：「我喜歡聽別人說話，我也許不贊成他的看法，但是，看到他說的那麼高興，我也就跟著開心起來，在這麼忙碌緊張的社會，要替別人製造快樂，並不是件容易的事。」

深見人和與工作上出色的表現，使胡有瑞在出任「晨鐘」副刊主編後，旋即再受重託，接掌中央日報副刊主編和中央月刊總編輯，在將近六年的時間，她全心投入編務，擱下自己擅長的人物報導和寫作。而饒曉明在勇奪電影金馬獎最佳編劇獎、中山文藝獎、中國編劇學會魁星獎後，也卸下電視公司的職務，榮調臺灣製片廠廠長。電影先就是他的本行和興趣，接手這個重擔後，他秉持著電影是一種文化傳播的理念，全神貫注從事繁複的製片工作。

●重整脚步

去年，胡有瑞卸下中央日報副刊的編務，改調至主筆室，同時又兼新聞黨部的祕書，離開了新聞枱面，她終於能過正常的上下班生活，還有多餘的時間得以重拾寫稿的筆，她說當記者之後，除了採訪工作外，讓自己進步最大的便是幫黨史會寫口述歷史，以及整理黨國先進的傳記，由於整理的工作繁瑣，經常要付出很多心力，但是也從中學習到很多處事經驗，對自己生活層面的拓廣大爲增益。爾後，隨著接掌副刊，忙碌的幕後工作，使她自己的寫作自動戛然歇止。她自嘲道：自己從小一直都是乖乖牌，最懂得服從的道理，凡上級交待下來的事，她無不戒愼恐懼，努力做好，長期下來，却給自己帶來嚴重的心理壓力。

她說：「別人接到一件新工作，也許會覺得很快活，但是我却很痛苦，因爲我對自我的要求太高了，害怕做得不理想。」這種心理的糾葛使她在工作後常常處於身心俱疲的狀態，再也沒有餘力去寫稿。

在卸下爲作家服務的編務後，胡有瑞突然覺得應該好好再寫點東西，很多文藝界的長輩也常常對她耳提面命說：「妳怎麼不寫稿，太可惜了。」所以，她計劃心定之後，隨即展開人物報導的工作，並且痛快的寫幾本口述的傳記文學。

對於愛妻的表現，饒曉明都看在眼底，他說：「胡有瑞最難得的是，下班後，回到家裡，皮包一放，就衝進厨房。她燒得一手好菜，只是我都要等到有客人來，才能跟著享享口福。」對於他的這項說詞，胡有瑞不以爲然說：「他的胃口小，每次我菜還沒燒好，他已經吃飽了。」彼此一來一往的說腔，也成爲生活中的一種情趣。

●公私兼顧

打從認識開始，胡有瑞一寫稿就要向饒曉明問東問西，一直到現在，她還改不掉這個習慣，所寫的稿子都要先生過目一遍才放心，她的各種疑難一到饒曉明手上都成芝麻小事，而饒曉明是從不把自己的煩惱告訴她，唯恐她知道後，平添心理壓力。記得臺製廠在拍「唐山過臺灣」時，從香港訂製一艘木製的大帆船當道具，帆船從香港駛來台灣的途中不幸遇到颱風而沈沒。饒曉明的祕書一接到這個噩耗時，當下問他：「要不要通知夫人？」饒曉明回絕道：「通知我太太幹嘛！現在要趕緊報告的是我們的上司。」結果，胡有瑞根本不曉得先生遇到棘手事，當晚，還在家裡大肆宴客，一羣朋友好不盡歡。

臺灣製片廠原是政府出資的機構，爲了配合政策和文化，以及兼顧到票房，饒曉明投注在工作上的心血不可謂不大。平日，他住在霧峯，以廠爲家，回台北公幹時，還要利用夜晚到處去接洽劇本。今年七月，臺製將要改組成公司，爲了這件事，饒曉明正忙得團團轉，因爲改組後，公司的一切財務勢必獨立起來，所以，他從經營企業的角度下手，打算在臺製廠規畫中部第一座電影文化城，同時發行錄影帶。

雖然公務繁忙，私底下，饒曉明却從不間斷廣泛的閱讀和寫作，他說：「我的興趣很廣，電影只是其中的一部分，我倒覺得在讀書的過程中，武俠小說對我的影響最大，我從中學時，就一大套一大套捧著讀，對寫作的幫助很大。」隨著年齡和閱歷的增長，目前，他的興趣轉向傳記文學上，以從其中吸取人生的智慧。在寫作上，他對自我一向都不放鬆，最近正有計畫地撰寫「中國古典小說和電影比較」，將「西廂記」、「紅樓夢」等小說改編成電影後的效果做一番嚴肅的探討。

●同中有異

這對夫妻因電影結緣，在日常生活中，電影也是他們不可或缺的娛樂，他們喜歡在下班後相偕趕一場午夜場，或待在家裡看書、聽音樂，饒曉明說：「我非常喜歡家庭生活，我希望家裡清爽雅緻。」胡有瑞說：「辛苦地工作了這麼多年，感覺好疲憊，只有回到家來，才可以完全放鬆。」

他倆自覺在個性上同中有異，相同的是彼此都很注重生活的品味，喜歡精緻的東西，相異的是她與人交往向來主動；他被動。她爽快，偶又有小女人的操煩；他穩重，對未來充滿樂觀。撇開自剖性的差異，他們在婚姻生活中攜手合作了一件完美的作品——就是娟秀的獨生女。女兒是他們生活的中心，也是他們的第一個批評者，她會對胡有瑞說：「媽，你的文章太囉嗦。」也會對饒曉明說：「爸爸，你老了，你已經開始嘮叨不休了。」

最近，他們將住了十年的舊房子重新整修得煥然一新，胡有瑞逢到好友，就熱情的招呼：「到我家來坐坐嘛！」大夥初次進門，無不被屋裡高雅的格調給懾住，繼而驚羨的打量坐鎮在門口的地藏王石雕，摸摸古色古香的茶几，蹀躞在鵝黃的燈影下，細啜景德磁裡的香片，品賞牆上的國畫。

看饒曉明自在的或伸或屈，胡有瑞快樂的忙進忙出，女兒在粉紅色的臥房裡埋頭讀書，散置屋角的幾個古甕怒放著嬌嫩的桃花，客人抽身出來，把鏡頭停格在三人的小世界裡。

比翼雙飛

朱星鶴／劉詠森

●**朱星鶴**，民國二十五年生，湖南湘鄉人。政戰學校政治系畢業，現任中央月刊社經理。曾獲第一屆大專院校學生文藝創作獎、國軍文藝小說金像獎、中興文藝獎章、中國文藝協會文藝獎章。著有短篇小說集「小園春滿」、「揮手向雲」等，中篇小說「酒店」、「多彩的旋律」，散文集「坐對一山青」，文學論評「一沙一世界」、「赫塞作品研究」等。

●**劉詠森**，民國三十七年，廣東合浦人。曾獲空軍小說金鷹獎、文復會期刊金筆獎。著有短篇小說「心的桎梏」、「第十個父親」、「誰有愛我」等，散文集「昨夜蕭聲」。

上：朱星鶴、劉詠森年輕時留影。

下：民國六十三年夫婦倆與二子。

上：朱星鶴、劉詠森夫妻倆對文學一致的鍾情、相同的愛好。
下：全家福。

小說之愛共一生

■江　兒

在長年如夏的南台灣，約莫民國五十七年時，一樁看似平波無華的「魚雁」正往復著，先是以文學討論為經，生活、興趣、心緒種種為緯，淡淡歡喜地交揉成一種心靈的對話。那女孩說：「他用很漂亮、很別致的信箋稿紙，他的字很特別，眞的很好看，當時在文壇上已頗有名氣，信的內容更是掩抑不住一股年輕、誠懇且才華洋溢的氣質，不得不叫人注目而心動。」

●亦友亦師，文學、魚雁牽紅綫

而那男孩雖小有成就，隱伏於岡山的空軍機械學校担任上尉教官，卻謙謙虛懷。起初符兆祥先生介紹他們兩人通信，情況有些像老師殷勤地指導學生有關寫作的事，並試圖引領她如何進一步邁入文學的殿堂，豈知老天別有心意，似乎早已另作安排，反倒幫他們開啓了一個更長遠寬闊、幸福美滿的大門。

靠綠衣天使的牽線，不到半年便見了面，他對她的第一印象是「這女孩很有靈氣，有內涵，正是心目中喜歡和盼望的對象。」女孩只覺這位久仰大名的人「好瘦好瘦，眼鏡後一圈圈，看起來有點模糊，穿的西裝大大垮垮的，可是呢，很會講話。」

以後便文字與約會交替，或他到台南看她，或她南下探望他，情感的花果悄悄的在一年後就盛結了滿園。結婚前，這位芳齡才廿一歲的劉詠森小姐雖聽見祖母的警告：「湖南人是很會打老婆的哦！」但她卻對這位長她一旬的男孩—朱星鶴，深信不疑，如今她以開玩笑的口吻佯裝慶幸的模樣說：「還好，二十多年後的現在，他始終沒動過我一下。」

這一對「筆友」演變成的夫妻，生肖皆屬「鼠」，卻一點不機伶取巧，又同爲「金牛星座」，個性上自然頗多雷同，朱星鶴卻强調說：「兩個人太相似了，反而不好，應該有差異，可以互補。」然後列舉他們的共同貌是：「不拘小節，浪漫，富正義感，不夠圓滑，過於率直，容易得罪人。」不過，幸好有她在一旁提醒他，但是，他說：「我明明知道不妥，卻老改不過來。」

而性情同一路的好處則是因此一點也不難了解對方，但是有了衝突，如火火相逼，水水相犯，豈不場面可觀，那誰讓誰呢？朱星鶴面帶愧疚的說：「結婚後的開始幾年，總是她讓我，我是知錯不低頭，大概有些拉不下臉來，年紀大些才稍有改變。現在嘛！都是我讓了！」

文學，特別是小說，既是他們相識的苗種與共同的話題，經春歷秋，雨霧潤澤，兩人共組了一個家園，這苗種自然也要跟著茁壯而有番新風貌。新風貌不在「朱老師」的身上呈現，他是個耕耘經營者；這個女學生倒是很爭氣，婚後不到兩年的功夫，作品就創出了自己的一片天地，並且以「爬山」一文，榮獲文復會舉辦的「金筆獎」。

●一吐當年委曲，自招一樁秘密

劉詠森有些要說「先失敬一下，老師」的意思，笑看著朱星鶴，然後誠實地回憶說：「婚後前兩年，我開始嚐試創作小說，起先他總是很認眞地教我並幫我修改和潤飾，久了，大概有些煩了，耐心也差了。有一天他回來，我依舊要他看一看，沒想到他竟突然說：『我不能這樣一直幫妳改稿下去了！』叫人聽了既詫異又心驚。」於是她一賭氣，果眞不再求他，轉爲獨立作業，這篇「一貫化生產」下的作品，她勇敢地投到「新文學」月刋去，不料，很快就登出來了，月刋主編王璞還悄悄拿它去參賽，直到朱星鶴在報上發現，回到家來恭喜她，劉詠森這才曉得自己得了「金筆獎」。

這段「小國獨立，脫離大國庇蔭」的往事，朱星鶴聽了忙喊寃枉，急急解釋說：「說起這事，我眞是用心良苦，不是我沒了耐心，實在是想使她早些擺脫我的影子，如果我一直在旁呵護、出意見，她將永遠有依賴，很難走出自己的路。」「那你該對我直說呀！」一時之間，她似乎尚未能完全體諒老師的苦心。「敞開說的話，妳還是會有依賴心的。」莫非這便是眞正的「委曲自己，成全他人。」

事實的眞象如何未可知，結果卻是「誤打誤撞」一般，遂了各自的心願，特別是因之替文壇又造就了一對「文學夫妻」，這樣的過程堪稱有趣，也頗值得一書。

高興能一吐當年的這等委曲之餘，朱星鶴倒是不打自招了另一項「他的秘密」，他說：「實不相瞞，還未有老婆之時，我心中設想的對象條件有二：第一要字體漂亮，可以在日後幫我謄寫文稿，然後必須是個愛好文藝的女孩，生活有共同的趣味才不致於貌合神離，各自忙碌。」怎知人算終不若天算，這位劉姑娘的寫字、雅好雖完全吻合，娶進門後，他的如意算盤卻反倒被自己打壞了，不但沒得幫他抄稿，反是太太自個兒也一頭栽進小說的創作裡，成了和他競爭的對手，朱星鶴感慨地說：「用『偷雞不著蝕把米』比喻雖不盡貼切，可是，事情有此轉變，我卻是眞正的歡喜在心，替她高興。徒弟出師了，當師傅的哪有不覺得欣慰、驕傲的道理！」這回的招供，劉詠森只是笑笑，就沒有什麼異議了。

●只要生活得充實快樂就好

對文學一致的鍾情，一個模子式的個性，這樣的起步自然比別人順利，再加上在使用金錢的觀念上兩人一樣認為「該花就花，能省則省。」吃的要求上「魚肉青菜，一樣美味。」住的環境「但求遮風避雨，可以寫作就好。」因此處處步調一致，只要彼此時間允許，有空就去看舞台戲、觀賞電影、聽音樂會、或者參加合適的藝文活動，精神生活十分紮實而豐富；少有煩惱，少有爭執，偶有收入不敷支用的現象，熬一熬就過去了。朱星鶴談到他這位好伴侶時，舉出令他最引以為「謝」的一點是—這二十年來，她從不干涉先生的一切，甚至連過問也不曾，可說是極端的相互尊重與信任，所以兩人都能保有各自的生活情調，日子裡沒有約束感，有著和婚前一樣的從容。

在那個年代，三十三歲才成家，當然算蠻晚婚了，於是隔年八月，他們第一個「愛的結晶」—長子朱敬寰便出生了，再三年，又得二子沛寰，為了專心全力養育這兩個寶貝，劉詠森始終不曾到外頭工作，以便扮好既是母親又是家庭主婦的角色；政戰學校出身的朱星鶴，廿六歲獲政治系法學士之後，便一直服務於軍旅，處理各項文書業務，可謂一肩担起「家」「國」雙重責任。

歲月飛逝，一晃眼，他的大兒子現今已高三，小弟國中亦將畢業，父母雙雙視為一生志趣的這項文學衣鉢，朱星鶴表示：「老大偏好理工，愛看的只有倪匡、柏楊、龍應台等人的文章，對寫作好像興趣的不大，反倒會在我們的文章發表之後，調侃說，您們又騙到一筆稿費了，應該請客；而如果小說裡的人物有他的影子，他便會開口索取『版權費』。這項衣鉢能否承傳，實在一點也勉强不得。」老二的情況則接著由母親發言：「沛寰在這方面的傾向較哥哥明顯了些，他會主動找我們的書看，也會去買其他作家的作品回來閱讀，可是卻仍默默不發表什麼意見，不和我們討論，可能是還只在純欣賞的階段。」談到這裡，父母兩人異口同聲的終結心情是：其實「行行出狀元」，每條路都可能出人頭地，只要生活得充實快樂就好子。

●寫作是一條苦多於樂的不歸路

是的，快樂就好，然而有過創作經驗的人都明瞭，寫作雖有其迷人之處，卻是不折不扣的一條「不歸路」，酸甜苦樂加上寂寞歷盡，仔細回顧起來，劉詠森說：「是苦多於樂。」比如曾有過一篇構思一年餘，開筆後一個多月卻仍面目模糊，絕望到想放棄，難過地問朋友怎麼辦？朋友分析這種現象叫做「無法突破自我的困境」。另一位老作家卻給她心理建設說「天下文章我第一」，她皺著眉頭思索道：「但是我做不到，我把自己看得清清楚楚，愈寫愈了然自己的不足，如果沒有躍進創新，不如暫擱下筆來，多看多讀。」

最能體會太太心情的朱星鶴也有類似的感慨，但是他更不避嫌她讚美他的「學生」說：「她幫我把穩了這個家，孩子照料得更好，使我毫無後顧之憂，但是讓她因此弄得極度疲累，我實在於心不忍。稍得閒暇，她還孜孜不倦於寫作，對她，我眞是又愛又敬。」

這位盡職的媽媽，白天因爲小孩會吵，忙家事及準備三餐，只得利用晚上寫稿，而今小孩上學不鬧了，也較清閒，習慣卻已養成；多出來的空檔，她便細心蒐集寫作素材，也喜歡和人聊天，她說：「蠻奇怪的，左鄰右舍或初相識的人，他們都不知道我會寫東西，可是卻每個人都常來找我傾吐他們的遭遇和一些街閭傳聞。」而對於自己久蟄門庭內，未能藉工作充分與外界接觸、溝通，她認爲：「所以題材較受侷限，不夠開闊。」

原就擅長論評的朱星鶴，聽太太如此剖析自己，一時興起，竟搶著想替他的這位「幕後功臣」於這幾年裡的表現下註脚，他說：「她寫作的態度相當認眞，醞釀作品及準備的功夫甚爲周全，小說的故事性很强，可讓人讀來興味盎然；她的腹稿很完整，一下筆便幾乎是定稿；比較可惜的是，有不少是長篇架構的題材卻寫成短篇，不僅浪費了，且常予人意猶未盡的感覺。」

對於他自己在創作習慣與內容上的問題，他也很有自知之明，有些兒像是訕笑自個兒的浪漫，然而已不復年輕—單憑一個感覺、心情，或爲了好聽的題目、漂亮的風景而振筆疾書—當年還可以，現今衝勁不足往往在中途便因一個小關卡過不去而胎死腹中，這種情調式的「開場」並非好方法，更曾爲了抗拒心作祟，故意在不愛聽的課堂裡寫小說，或想翹課卻不能，只好以這樣的「旁騖」做心靈上的遁脫……因之不知不覺中變成了過於安靜的環境反而寫不出東西，「他寫稿喜歡一邊聽音樂，一邊嘴裡嗑瓜子或吃花生米；我呢！非得沒人在身旁、靜靜的夜晚才行。」劉詠森接著說。因爲這樣截然不同的習慣，於是，當他們有了另一層房子時，夫婦兩人的書房便遠遠隔開了，以利各自的創作。

●現象偏差、風氣不良、制度不健全

如今，任職於文工會的朱星鶴，家在新店綠野花園新城，上班地點卻在城中區的林森北路，每天通車奔波，相當容易疲困；但是他說：「能爲文藝界服務是我感到最愉快且樂於奉獻的事，從担任軍中文宣工作以降，我便深深覺得中國的文化人，生活得太艱辛了，稿費少，不能專心寫作，在這個社會未受足夠的敬重，不曉得爲什麼我們這方面的環境連近鄰如菲律賓都不如，難道是文化人自個兒不爭氣嗎？」他的一番感慨，事實上也是存在已久的一種現象，頗值得當事者與有關單位深切反省。

但是朱星鶴更不諱言地批評某些不良的風氣：「比如些年輕輕就成了名的『作家』，被大衆媒體給捧昏了頭，經常意識型態立即轉向偏鋒，自認爲是一支『正義之筆』，擔負著人羣的悲酸苦難；或者作品裡製造了一片善良純眞，人前口沫橫飛她闡述著做人的大道理，然後一回身，隨即成了另外個人……。當他談到文化界一直未能建立一套完整的評論制度與倫理的問題時，劉詠森則忍不住地也提出她的看法：「有些文章實在很不怎麼樣，主編老爺怎麼會讓它登出來呢？而這樣的作品，對於那個敢擺上自己名字的作者而言，不免也是種汚辱，這種現象，尤其容易出現在那種『一時之間，到處都是他的名字的當紅作者』的身上，販賣著他雷同的思想、類似的感覺，甚至大同小異的遣詞用句。」夫妻倆至此更一致奉勸寫作的人，特別是剛出道，甫成名的作者：「成名要惜名，寫作是對自己負責。」

●不爭名不炫耀．默默耕耘

結婚至今已邁入第二十個年頭的這一對恩愛夫妻，長久以來的生活型態總是—白天朱星鶴忙於工作在外，劉詠森弄理家務在內—也許因爲除了孩子以外，幾乎把大半心力放在創作上的關係，朱星鶴雖給太太的家務成績只打「七十分」，卻顯得很體諒地看著她說：「她有這方面的潛力和才華，又別無嗜好，我當然無條件支持她，也尊重她；雖然我和一般忙碌在外一整天，倦夜歸來的男人一樣，都有一種回到家就有正熱的晚餐可以吃，或者深夜未睡時，太太能適時端來一杯熱茶或香噴噴的咖啡的期盼心情，我卻一點也不怪她有時一栽入小說裡就把這些給忽略了，只是有個感想是……」說到「感想」兩字，劉詠森好像也頗能會意地笑著點頭不斷。「下輩子，自己若還是喜歡寫作，希望我的對象不要再是有同樣這種志趣的人，因爲不論是丈夫或妻子，這種情況如果不能體諒，不是兩敗俱傷，就是另一個方面的期望要放棄。」但是最後他更肯定地說：「這一輩子娶到劉詠森，我一點也不後悔，因爲我不是沙文主義至上的大男人。」

寫了近三十年的朱星鶴，小說、評論皆拿手，而後者尤有獨到出色之處，但是他說：「能眞正撇開人情面子，單就作品而予以嚴謹的批評，在當今的台灣文化界，眞是鮮少有人能夠做到，而即使你能，這個社會都未必有雅量接受，而這或許正是我漸少從事批評工作的主因。」但在四年前，他卻出版了「赫賽作品研究」的評論集，他笑著說：「探索他國的作品比較少干擾，可以暢所欲言，況且我覺得有必要引介一些好的外國作品給國人欣賞與了解。」

前年手臂得了痛風的劉詠森，則已停筆有一年，她說：「這是個原因，其次也是感到自己逐漸力不從心，作品沒有突破，趁此機會應當休養生息，好好檢討並再充實自己。」

這一對生活恬淡，由「小說」當媒婆而促成的夫妻，對年輕一輩的讀者而言，或許不是所謂的「知名又具票房」的作家，但正如某篇推介朱星鶴的文字所述，這二、三十年來，他們「在創作的園地裡，不爭名不炫耀，也不隨波逐流，祇是隨心所欲，勤懇奮勉地走出自己的路，默默地把愛心、熱心和關注，散播在人間，散播在一些荒蕪而需要滋潤的心田中……。」

比翼雙飛

隱地／林貴真

●**隱地**，本名柯青華，民國二十八年生，浙江人。曾任「青溪雜誌」、「新文藝月刊」主編、「書評書目」月刊總編輯，現爲爾雅出版社發行人。著有小品「心的掙扎」、「人啊人」，散文「一個里程」、「快樂的讀書人」、「誰來幫助我」，小說「一千個春天」、「幻想的男子」，評論「隱地看小說」，以及遊記、雜文、隨筆等多種。民國六十三年來以主編「書評書目」獲文復會文藝期刊聯誼會第一屆主編獎，並開創國內選編「年度小說選」之先河。

●**林貴眞**，台北市人，政治大學教育系畢業，現任教國中。著有散文「我見我思」、「愛的絲帶」、與隱地合著散文集「兩岸」。

下：隱地、林貴眞的第一個家。
上：隱地、林貴眞攝於民國七十四年八月。

上：全家福，攝於民國七十七年。
下右：有林貴眞的幫助，隱地就可以全力做好一個出版家了。
下左：創作、編輯、出版已與隱地的生活牢不可分。

「最美的封面」

■李宗慈

●隱地加林貴眞

在「愛的絲帶」裡，林貴眞曾這般說：「一個男孩把兩個皮箱帶來，另一個女孩也把她的皮箱帶來了，攤開箱子彼此把衣物混合起來，於是兩個孩子從此生活在一起了。」

而對於婚姻和家庭，隱地的看法却是這樣的：

結婚、終於找到了另一半，値得慶幸，可是，也別太高興，找到了一半的同時，也失去了自己的一半；沒有結婚前可以我行我素，結婚以後凡事要顧慮另一半的想法。

而家是另一種廟。廟是歷經憂患的人修身養性的場所，家呢，是歷鍊我們意志，培養我們耐性的地方。

一個輕鬆，一個嚴肅，而婚姻和家庭給人的感覺不就眞是如此嗎？

●毛毛的童年往事

隱地，這位出生在上海的浙江人，父親是家鄉中唯一的大學生，讀的是英文系。民國三十五年底，爲代友人的課，父親先行隻身到台灣，任教於台北一女中，民國三十六年，家人才陸續來台，而隱地却是家中最後一個來到台灣的人。

由於在大陸老家生活貧困，從小，隱地便被寄養在崑山一個小村莊的顧姓人家，由於顧家沒有孩子，儘管家中沒有給寄養費，顧家却一直待他如親生的兒子，使他擁有一個快樂的童年。

只是好景不常，大約是八歲那年，顧家夫婦生下一個兒子，隱地的處境有了改變。直到那年父親帶著十擔米來贖他，不但贖回幾近絕斷的親情，更也救了即將開始要學農事的小隱地。

說起童年寄養的日子，小名毛毛的隱地說：「命運眞是奇特，在家鄉，小孩十歲就要下田工作，所以，如果那年父親不來贖我，怕就沒有現在的我，可能只是大陸上一個紅衞兵！」

十歲那年來到台灣，對隻字不識的隱地而言，上學眞是「難！」父親在家裏爲他補習，勉强上了女師附小二年級，但是程度實在跟不上，只有留一級，可是十歲孩子的個頭比同年級的孩著實高出很多，在不好意思讀一年級的情況下，只好休學在家，父親再度親自教導，半年後，他才再上了國語實小的三年級。只是數學始終不好，而文史科目他却能很快的進入狀況。

小學五年級時，離開教職的父親一心想做貿易，但只見他打了許多的開發信，家中有許多樣品玩具，樣品器具，却不見有生意上門。在事業不順遂的情況下，父母親離婚，使得才獲得家庭溫暖的隱地，再度過著自己照顧自己的生活。

當時父親常說要出去想辦法或向朋友借錢，歸父親撫養的隱地，只好自己一個人在家。可是父親一出去，有時竟然到天黑纔回家。

印象最深刻的一次，又是父親外出借錢，回家的那個早晨，隱地已餓極了，父親帶他去豆漿店吃早餐，他一口氣吞下了四套燒餅油條。

●自食其力的創作生活

一心想做生意的父親，一輩子都未創業成功，他原本可以是位很好的老師，却要成爲一個失敗的男人。父親事業失敗的陰影，始終盤踞在隱地的心坎裡。因此，在潛意識中，他總是要求自己「站起來，你自己不幫助自己，沒有人會幫助你」，所以在成長的每一小步中，他都是那麼奮力向前。

在新莊實驗中學讀書時，他便開始學著自立。放學後，就去賣報紙，每逢寒暑假，就去送煤球。

在學校中影響他最大的是國文老師。老師時常把好作文唸給全班聽，又將分數高的作文貼在壁報上，並且鼓勵隱地向外投稿，自「學府風光」、「學生園地」、「青年天地」到「自由青年」，就是這樣一點一滴的努力著。

高中入學考試後，隱地寫了一篇短篇小說「請客」投給新生副刊，想不到就在他進入高中的第一天發表，這也是他第一次用「隱地」這個筆名。

發表作品的喜悅，使得隱地開始「橫衝直撞」地向中央、聯合、中華、大華晚報等副刊進軍，雖然也有退稿的時候，但是作品發表的快樂，却充塞、鼓勵著他。在這期間，國文老師姜一涵的鼓勵和指導，使他在創作技巧上有著更大的進步。

曾經，台大歷史系是他的志願，但是天不從人願，他選擇了公費的政治作戰學校新聞系。他的同班同學古橋曾經說：

「隱地的可愛是他的虛心和堅忍。他是我看過的唯一能在每天十小時新聞學、中國近代史、輿論概要和正步走的圍攻下，除了保持優異的成績外，仍能在課餘，在揮汗的大床上、在靶場上，甚至在陽光下的操場構思而且創作，他把握每一分鐘，爲寫作的狂熱而犧牲。」

隱地自己也在「我的第一本書」中如斯寫過：

「二十年前，我在幹校唸新聞系的時候就酷愛寫作，同班同學古橋（張作丞）是我寫作上的夥伴。他發表作品的園地永遠是中央副刊，而我的園地是聯合副刊。」

●從「傘上傘下」到「人啊人」

在寫作的路途上，「傘上傘下」、「幻想的男人」和「現代人生」正是他三個寫作時期的分水嶺。「傘上傘下」代表著隱地的純情時代。有他童年的不安，有他自力更生的少年時代，更有他讀育英高中，在S形的奇岩路上，那個憧憬愛情，朝氣蓬勃且奮鬥進取的青少年時代。

而「幻想的男子」，則代表著一段人生的黑暗時期。一個純情的靈魂投入社會的大染缸裡，對社會中的不平，所發出憤怒的吼聲。也如王鼎鈞在序文中所提：

「隱地對讀者對自己都忠實……，他對讀者開放了他的世界……，他對讀者推心置腹，隱地無隱，爲文學而犧牲。」

至於「現代人生」裡的他，是充滿了自信，有所爲而爲的成熟的男人。他看盡人生衆相，且不看爲名利所苦，只是愈發得擇善固執於爾雅的出版上。

他也在「心的掙扎」後記裡宣布封筆十年，並且强調「心的掙扎」一書是寫給中年人讀的書。但是隱地還是隱地，他怎能耐得住不寫呢？

如果你仔細的留意爾雅的書目，你定然會在每逢「十」的號碼中，看到隱地自己的書，諸如編號「

10」快樂的讀書人、「20」現代人生，「30」歐遊隨筆等，一直到第「200」號的爾雅叢書，仍是隱地的「人啊人」。

談隱地，就不能不談他的編輯生涯，打從民國五十七年二月，他進入林海音女士主編的「純文學」月刊擔任助理編輯起，就註定他走入編輯的一生事業中。

在「純文學」月刊生涯裡，隱地自稱是他的學徒時期。每個下班後的晚上，他從看稿、畫版樣、校對做起，到協助寫編後，回作家的信函，也包書、跑郵局，每樣事情都跟著做，而其中最令人感動的是身爲老板的林先生，自己也是樣樣全來。林先生的「樣樣全來」的榜樣，深深地影響著隱地，當他開創爾雅出版社時，每天他一定和所有員工共同工作，參與出版社的每一項事務。

「青溪雜誌」，這本公家刊物，自十一期起到五十八期，也就是從民國五十七年五月到六十一年的四月，隱地把全部精力投給了「青溪」，那是他在受命接編時想像不到的。尤其在接編之初，許是初生之犢不畏虎，隱地以「一切編務，由我全權處理，試編三期，如有差錯，或認爲不能勝任，可以立刻換人。」的極富挑戰性的建議下，爲自己及「公家刊物」做了最大的賭注。

「青溪」曾出現過不少傑出的作品，也曾先後開闢了好些專欄，諸如：「新書橱窗」、「我所讀到的好書」、「作家的成長」、「傑出雜誌介紹」、「十六位導演訪問記」，均是其中的佼佼者。

誠如隱地自己說的：「我一直關懷著『青溪』，我生命中可能最好的幾年——二十九歲到三十三歲——都投注在它身上，就是結婚前夕，我也在印刷廠，一直等著看到新的一期(十七期)裝訂裁修好，才吹著口哨準備回家結婚。」

離開「青溪」之後，又以軍職身份，接編「新文藝月刊」，直到他役滿自軍中退伍。

只是踏入社會的隱地，變的是身份證上軍職的頭銜，不變的仍是他一往的編輯生涯。

他著手編一本全新的刊物，不登小說，不登散文，只登批評文章和圖書目錄，這就是後來影響出版界、帶起風潮的「書評書目」。

●快樂的讀書人

談隱地，當然更不能不提「爾雅出版社」，不談隱地是多麼「快樂的讀書人」！

陳莘蕙說的好，「書，是隱地的另一種子女。」當然，隱地的兒女們，每一個人的名字中可都有個「書」字。

自稱是「書的子民」的隱地，曾寫下自己的愛書、買書、讀書、藏書，他說：

「我有藏書的嗜好，我喜歡蒐集全套的叢書、叢刊，我把每家出版社的書籍，照著他們自己的編排號碼，井然有序的排列在一起。每當我發現其中少了幾本，就跑到書店又把它們補了起來。」

「書使我們長大，書使我們成熟，書是人生錦囊。」而「書是母親，書是情人。」

在「我的人生三部曲」一文中，隱地更曾追憶往事的說：

「在那一段時間裡，我逐漸有了一些新的理想，諸如出版一本夠水準的文藝刊物，成立一個書店，有計劃有系統的出版好書，建立一座文藝圖書館，蒐集優秀的文學作品，免費開放等。……我一直希望能脚踏實地做點有意義的事情，使文學不僅僅成爲一種苦悶的象徵！」

也由於隱地一直相信：

「一個愛書的家庭，總是讓人覺得快樂、和諧。」

「每一個家庭如果都是小型圖書館，我們全體國民的知識水準必然提高，社會風尚當更祥和。」

因此，爾雅出版社所追求的目標便是，出「全家人都喜愛的書」，出「放在家庭裡，或書房、或客廳，會是一套老少咸宜的書。」

在隱地所秉持的理念與目標下，爾雅的書，或可以「溫馨親切，爾雅平易」八字稱之。

●一個完全的愛的情緣

對於林貴眞，這位一直是好學校裡的好學生，現在是學生心目中的好老師而言，她不斷努力的就是，成為一位好母親，一位好妻子。

那年，林貴眞剛走出大學校門，和當時的年輕人一樣，徘徊於出國和結婚的十字路口上，要不是隱地的那篇「一個叫段尚勤的年輕人」，就不會有隱地加林貴眞的這一段情緣了。

是隱地寫下段尚勤的徬徨，也寫著新一代青年的心情糾結，更寫出剛自政大教育系畢業的林貴眞心中的聲音。沒想到林貴眞一封「即興式」的讀後感見報之後，她却收到那個叫「段尚勤」——隱地的年輕人的來信。而開始了他們這一生「以文會友」的緣情。

●一幅最美的封面

只是「他」是外省人，又是「軍人」。在家人的反對、朋友的勸說下，這一段情誼一時間成了雙方的「負荷」。

許是合該有「磨難」，貴眞那種凡是慢慢來，和「君子之交淡如水」的作風，把個「急驚風」的隱地弄得團團轉，甚至只得分手「互道珍重」。但情緣未了，在分手一年後，「他」有了「一千個世界」，帶著投石問路的心情，隱地擎起書本的「一千個世界」，再度走向她，走向那個淡淡的女孩及她淡淡的情中，向著倆人的「一千個世界」出發。

隱地說，林貴眞愛清潔，永遠追求的也是清潔。除了把家裡弄得乾乾淨淨外，總也把自己弄得乾乾淨淨。

剛結婚的時候，還稱她是「最愛乾淨的女人」。夏天裡，每天總會洗上三、兩次澡，就連寒冷的冬天，她也照洗不誤。經過多年婚姻生活相互的影響下，現在的隱地也變成一個最清潔的男人——他每天都洗澡！

許多人都知道，隱地對「爾雅」封面的重視，他永遠追求的封面是：清新的、典雅的、溫暖的、亮麗的和特殊的。他不喜歡「鶴立雞羣」似的封面，「一眼驚魂」的封面他也不愛，要值得細看耐看，不顯眼不打緊，祇要是美的，最後一定會爲人發現。

林貴眞却說：「我這個『女人』長髮、短髮，穿紅戴綠，我家隱地就沒介意過，而一本書的封面，顏色差一點、字體排得偏高偏低，外行人根本看不出的，在他却是天大的『遺憾』。」

如果，你也注意，林貴眞却是「爾雅」最美的封面。

至於對自十四歲起一直寫稿至今的隱地，林貴眞却說：「寫作已經變成他的習慣，是他生活的一部分。」

也因此，她從不追問書中的眞僞，這對喜歡一切明朗、朝氣的隱地而言，毋寧說是最大的自由。他常說：我不必擔心文章寫好，沒有人替我修辭、補句；我也不必發愁出門時該穿什麼衣服，因爲太太他是永遠的顧問，給他安定而無後顧之愛，使得隱地成爲馬森眼裡：「除了獨具隻眼的文章評論外，隱地也是一個成功的出版家、小說家和雜文家。」

當「住家」和「爾雅」都住在同一巷弄裡時，林貴眞說，我們同樣早出晚歸，他去他的「爾雅」，我上我的課。雖然天天路過「爾雅」，但一個禮拜却也難得拜訪一次，和爾雅始終保持著一份「君子之交」。因爲，「爾雅」有了「他」，她這個背後的「女人」又何必拋頭露面呢！看來，曾經寫過「少年時候想逃家，青年時候想成家，中年時候想離家，老年時候想回家」的隱地，可能「機會」不大了吧！

比翼雙飛

符兆祥／丘秀芷

●**符兆祥**，民國二十八年生，海南文昌人。曾任「法律世界」月刊、「法論」月刊主編，僑委會駐巴拉圭亞松森中文教師，現任著作權人協會秘書長，曾獲「香港時報」亞洲文藝徵文第一名。著有短篇小說集「永恒的悲歌」、「潮來的時候」、「故鄉之歌」、「綠河怨」、「咕咕哩哩」等十餘冊。

●**丘秀芷**，本名邱淑女，民國二十九年生，台北市人。曾任中學教師、「婦友月刊」編輯委員，現任職於行政院新聞局公關室。著有短篇小說集「遲熟的草莓」、「千古月」等，散文集「驀然回首」、「悲歡歲月」、「留白天地寬」、「尋找一個圓」等，報導「亮麗人生」，少年讀物「血濃於水」、「忠藎垂型——丘念台的故事」、「我的動物朋友」，傳記「蔣渭水傳」、「剖雲行日——丘逢甲傳」等。

上：有人說符兆祥、丘秀芷是另一種絕配。

下：符兆祥從初中就開始寫作。

下：符兆祥、丘秀芷與他們的一雙兒女，攝於民國六十八年。
上左：民國五十九年四月，長子彌月，夫婦倆與父親合影。
上右：丘秀芷在大家的心目中是個充滿熱心的朋友。

另一種絕配

■李宗慈

●一個將自我放逐的人

民生報記者黃美惠說：「符兆祥，是可以當著面，向他說對、錯的人。」而身爲妻子也是作家的丘秀芷卻說：「符兆祥是個『將自我放逐』的人，他也是『文化界的打雜者。』」

見到符兆祥，你便會覺得，他是那種不夠安穩的人。他的「不夠安穩」，不在爲人抑或是處事上的不安穩，基本上，他的「不夠安穩」，可以直接地用「坐不住」來詮釋。

當他坐著時，總忍不住地東瞧瞧、西睨睨，彷彿在他周遭，有著過多的吸引，讓他忍不住承受的觀看著；走路時，他却又像個孩子，路程中的任何一件事、物，即令是一小撮結集而生的小草，在他的眼裏脚底，隨時都可能發芽滋長，長出一個新的意象，一簇美不勝收的花團。甚至如「屋簷」這樣理所當然的屋頂上的事情，在雨後乍晴的台北街頭，符先生却會突如其來地告訴同行而走的人，說：「中國的房子都有屋簷，外國人的屋子却沒有這項特色。而中國人房子上的屋簷，不正代表著中國人自古就有的人情味！」

仔細地瞧那由屋頂向外挺身而出的屋簷，可不就像是一雙巨大的雙手，在人們的頭頂上，交互的罩著。下雨天時，是人們最好的遮雨蓬；當艷陽高掛，大地一片燠熱時、屋簷便成了自然的遮陽區，一條清清的小道。

說著說著，這位生於香港的海南島人符兆祥，眼神轉動地又已是另一回風景。

●喜歡素淨柔順的女孩

「從小，我就有個並不很好的家庭，也因此，我一直渴盼自己能有個很平凡而安定的家，只要不用躭心衣、食，錢多了對我一點也沒有好處。」符兆祥很認眞的說著。

剪了頭髮的符兆祥，在清短中却仍見出那副「怒髮衝冠」的髮式，這跟他一直喜歡很溫順、很有女孩子味道、很仔細、很乾淨的女子的喜好，似乎不太相配。他還認爲，女子該記日記，桌子收拾得很清爽、衣服又能搭配得體，並且在衆人的面前不太表示意見，以男人的意見爲意見，當然，最好，他要的女子也必須有點自己的主張才可以。這一切的一切，似乎都與他本人給人的感覺完全不合。

所以，當第一次見著丘秀芷時，覺得她算是乾乾淨淨，除了同是寫作的人外，丘秀芷的素淨，給符兆祥一份很好的印象。

對於丘秀芷而言，或許就是這份素淨的好印象，爲她衍去了二十年慘淡的婚姻生活，唯一慶幸的，是自己在寫作生活中，她融會貫通的豁達，已漸漸地將她自婚姻的枷鎖中提昇而出，面對有著怪異脾氣，却又充滿靈智才華的符兆祥時，更能像化繭而飛的蛾，不但能振翅而翱翔，並且還能昂首而高歌。

從初中就開始寫作的符兆祥，寫他的「黃臉婆」時，他還在唸高中呢。到高中畢業時，他已出過兩本小說集子，却全是「愛情小說」。

符兆祥的文章，雖然也寫著充滿諧趣的文章，但是他多半還是寫灰暗的、陰冷無奈的中下層社會面爲主，他對小人物的形象，刻畫入微而不着痕跡，他尤其善於描繪落寞女性的心理。他的作品，總是淡淡的，必須要再三地玩味，才能品味出其中那一絲半縷的味道來。楊柳青青就曾說過他的文章很像沈從文；丘秀芷却認爲，符兆祥的小說比沈從文更淡、更冷，那「淡淡的陰暗」氣氛十分十分的特別。

是重要的一點，是他的人和他的文章完全湊不到一塊兒，古人所說的「文如其人」，在他身上絲毫見不到。丘秀芷就曾說：「他文章內涵韻深味厚，却不是用那驚天動地抽人筋骨的方式，像他那篇『阿土伯』的法，到現在我還看不到有別人寫，以前也沒人。至於他本人，却是淺薄暴躁、不穩重。」

近年來，符兆祥停下筆桿，不做「文藝創作者」而成爲「文藝工作者」，舉凡如「亞洲華文作家會議」、「著作權人協會」等均是經由他奔波走動而推行完成。無怪乎丘秀芷又要說他是「他忙、他累，却永遠爲別人打雜，『默默無名』的去做『驚動多人』的工作。」

●只願當謙遜的小草

古道熱腸的丘秀芷是位道地的客家姑娘，是丘家第二十四代子孫，丘逢甲的孫姪女。

「丘秀芷」不是她的本名，那是在她剛出道投稿寫小說時，請她的念台伯父代取的。她說：「念台伯父在命名時，就看準了我的文章不會有春日桃杏的艷麗，長夏蓮荷的飄逸；那些傲霜秋菊，瑞雪冬梅全都無關，只能當小草，『芷』，是草藥呢！」

談起如何走入爬格子的行列，她却說那是「突變」。

小學第一篇作文就是「丙」，到了初中，作文成績也只是七十分左右，有次還被發回重作，評語是

「不知所云」。因此，中小學的十二年中，只有一年半是她作文的異數。一次是小學最後一學期，作文由校長親自教，他竟然給了全班最高的九十九分。一次是高三時，換了位國文老師，硬是在丘秀芷交去的作文上，畫了圈圈又圈圈。

高中畢業，一則是家境的關係，一則是考了幾次大學都不理想的情形，丘秀芷竟然開始沈迷中外名著中。先是把「約翰克里斯多夫」看完，並且加批加註，又背下嘉言美句；又把「紅樓夢」看了又看，並且熟背其中好多段落；又讀「西遊記」、「儒林外史」、「水滸傳」等。其中感動較深的，仍屬「紅樓夢」。她說：

「讀『紅樓夢』，看著這個大家族的興衰及替換，對書中人物角色的衆多，我並不太在乎，但是我注意的却是整個大家族的複雜，像社會的縮影般，一覽無遺。」

她看書的速度很快，幾乎是一般人的三倍或四倍，也因此，她慣用零碎的時間看閒雜書刊，而以完整的時間，看具資料性的「大」書。

民國五十一年，她以「雨夜」一文向「自由青年」投稿，不但獲得刊登，並且獲得馮放民、楊柳青青、李樂薇、墨人、吳美凝等先生的注目。並且正式開始了她的寫作生涯。而且一兩年內就上了好幾家報紙的副刊。

民國五十二年，當丘秀芷考進了世界新專就讀時，沒多久，就「名滿全校」，因爲她不但連得自由青年和幼獅文藝的徵文大獎，並且在各報副刊上都不時有文章出現，並且又被當時的徵信新聞報(中國時報前身)列爲「最有前途的新人」之一。

說起那段日子，丘秀芷很感慨的談到，現今報章雜誌在企劃編輯下，一位新人是比較難有機會出頭，不像當年的她——「幾乎是第一次投稿就上報的作者，算起來很幸運！」

●「水到渠成」是最好的至理名言

一直是只寫自己想寫的，只寫自己眞實的感覺的丘秀芷，認爲自己耐性不夠，做什麼事都不能太持久。因此，始終說不適合寫長篇文章，但是她寫歷史的、傳記性的文章，却一點也不像她自己說的「沒耐性」。

據說：符兆祥寫稿一定要聽收音機，而且必須是台語電台的賣膏藥與插科打諢不太具水準的節目。至於丘秀芷呢？「我沒什麼要求，只要把事情做完了、包括小孩及小貓小狗的事，就可以寫稿。反正是抓住每一個可利用的片斷時間，只要不是太吵就好。」

她是一個很自然的人，就像她的「悲歡離合」書中所說：「不曾硬被推向高處，也因此不强求自己的『振衣千紉岡』，更不會妄想去摘取天上的星辰。水到渠成，這是多麼美好的至理名言！」

因此，她身不由己的跌進了歷史的國度，從民國六十六年起，便在不知不覺中與歷史結下淵源。她開玩笑的說：「寫歷史故事，就表示我開始老了。」可不是，她早已寫白了一頭華髮。

●白首相隨

談起頭髮，似乎正是丘秀芷與符兆祥的最佳特徵，而所謂的「白首相隨」，丘秀芷說，「這是我們唯一相同之處吧。」

當年符兆祥託隱地介紹認識丘秀芷，但隱地和丘秀芷也不熟，於是改託梅遜，而當年身爲「自由青年」編輯的梅遜又不便於和丘秀芷當面說，於是就去問與她最熟的朋友劉靜娟。所以當劉靜娟將話轉到時，爽朗的丘秀芷啼笑皆非的說，「這個人怎麼這麼不乾脆，要認識我，寫一封信寄到學校或交報社轉不就可以了呀？」更何況，他還是一位有了「我的黃臉婆」「年紀一大把」的人！

只是當劉靜娟再把話三託四轉地傳回去時，丘秀芷已快結束世新二年級的課業，才收到符兆祥的第一封信。就這樣三封來，兩封去的魚雁往返，直到丘秀芷畢業，到豐原中學教書，才第一次看到符兆祥，這位並沒有一大把年紀，有些地方簡直還像沒有長大的大孩子。

在友誼沒斷，四周朋友亂湊熱鬧之下，也在通信四年後，丘秀芷「就這麼跟一個不曾去『愛』過的人訂婚了！」而訂婚前，墨人、朱夜還代替符兆祥到丘家提親。

民國五十七年結婚，連同結婚證書上的兩位長輩，這樁婚姻，結得不可謂不慎重！前後七個介紹人：隱地、梅遜、劉靜娟、墨人、朱夜及證書上的兩位婆婆的朋友。只是到結婚那一天之前，他們還沒有牽過手！

在情感的表達上，符兆祥具備「雙重」的性格，「情」和「愛」不易表達，但是「恨」和「怒」却如風馳電掣般，十分强烈。

倒是符兆祥心愛孩子，孩子的一點小病小痛，都會讓他很緊張。尤其他生長在一個大家庭中，又是家中的獨子，在百般的呵護下，對孩子的生病，說是緊張萬分。而他的焦慮，使原本就著急的邱秀芷也就更緊張了。

愛唱歌是邱秀芷的嗜好，而天天唱歌就是邱秀芷的特權了。

把家庭放在相當重要地位的丘秀芷，每每被氣得想逃出「城外」，所幸自小養成的平和個性，幫她隱忍住婚姻生活中種種的不諧調。丘秀芷說：

「我的父母對任何人都很尊敬，記得農忙的季節，家裡會請一些臨時工，父親總是親自泡茶給他們。這種對人看重的態度，使我印象深刻。」而深受家庭與父母影響的丘秀芷，自然而然的將生活的重心，除了寫作外擺在花草及小動物身上。

從小愛花草，甚至愛樹、愛爬藤的丘秀芷，在永和的家中，養著好多綠意盎然的花木，她愛花木，純粹愛那鮮活的生氣，不在於色彩的鮮艷，她也喜歡插花，插那些花瓣乾淨俐落的花，而比較不喜歡碎細的花。在她的感覺：碎細的花，要整大片整大片的，或種植在原野上，才有整體的美，但若單一的、小數的，那就不好看了！而符兆祥呢，他永遠只要買兩種盆栽，桂花和茶花。但偏偏這兩種花在符兆祥家總不能適應，沒多久就會死。

丘秀芷戲稱自己是位「低能主婦」，原因在於婚前，自己是家中的么女，上頭有兩位嫂嫂、多位姊姊的照拂，不但家事都被她們做光了，就連婚後，好長一段時間，還是由母親住在一塊兒協助她，因此養成她「無能」的個性。直到多年以後，她才眞正做一位獨當一面的主婦。

在那篇「我是個『低能』的母親」一文中寫著：「孩子們的同學來，常好奇地要看看『寫文章的媽媽』是什麼模樣？看後大失所望，一點『文氣』也沒有，倒有七分『野氣』，三分『草氣』。」

●不同的風格，同等的相知

丘秀芷這般的形容他們夫妻倆：

我是個「今天有口飯吃，不求多一粒米」的人，而符兆祥却不同，他的生活中始終缺乏安全感，所以他是那種，除了今天有一碗飯吃之外，還要多存一碗放著備用才能安心的人。

在文學的寫作上，他的文章總令人有較深刻也較慘淡的感覺，而我的，則偏向溫馨、樸實，屬於生活化的現實的人生。我們倆兒，無論是在做事，在文學的創作上，都迥然不同。無怪乎，琦君大姐要說，這也算是種「絕配」。

誠然，在婚姻生活中，他是個「叫叫叫，却永遠什麼事都沒有的人」，但是在工作中的他，却是那種拚命向前跑，連摔倒了都不會看一眼受傷地方的人，只因爲他覺得時間不夠了。

他很講求公平，尤其是在團體裏；他也討厭被人家冤枉，但却又不愛辯駁，你很難想像到，他自小是那種襪子、內衣褲都要燙過才穿的人。

他向來喜歡看武俠小說，喜歡看推理及偵探小說，也因此，逢人他便愛說，中國的小說家應該努力寫出更深刻的小說才好。

他喜歡日本文學，喜歡看日本電影，只爲了日本人對「人」的尊重。他尤其不能苟同人類的濫用「同情」，因爲他覺得同情任何人，便是不給別人自尊。應該將生活的酸、甜、苦、辣寫出，這也是近來他努力將華僑社會中之種種深刻地事、物納入小說中的原因。

屬於靈慧型的符兆祥，無論是寫文章抑或是在做事上，他的創意總是不斷出現，只不過，他永遠是個愛「創業」的人，至於「守成」的事，他永遠交給別人。他也是那種「盲人騎瞎馬」的人，唯一不同的是，他不盲，並且每次行動都有著明確的目標，並且向來都是很具前瞻性的。

對於符兆祥而言，丘秀芷樸實無爭的個性，在婚後二十年的日子裡，着實給他不少影響：

「曾經，我的小說是架構在幻想世界中的美景，我所運用的辭藻、語句是豐潤且華麗的，但是由於丘秀芷生活中的平實，她與她家人——那些也是平實的人們間相互的愛心，讓我感到很深的可親，也影響著我後來的創作，對社會各階層小人物的描寫及觀察，而擺脫了說故事式的以幻想爲主的創作。

婚姻，原來我是以爲找個人來照顧我的，後來，我發現，在婚姻中，除了要被人照顧，自己也需要去照顧人。

我是廣東人，喜歡穿得光鮮、漂亮，結婚後，她讓我發現，做一個踏實的人，更快樂。而她的不重視名利，更在婚後影響著我。人，不一定一定需要活在掌聲裡。做一個平平凡凡的人，未嘗不是件好事。」

比翼雙飛

蕭郎／陳艷秋

●**蕭郎**，本名黃崇雄，民國三十四年生，台南縣將軍鄉人。目前任教國中。早期以「胡不歸」為筆名，歇筆十年之後，再次以鄉土文學出發，著有短篇小說集「一隻鳥仔」。

●**陳艷秋**，民國四十四年生，台南縣佳里鎮人。作品有小說集「無緣廟」、「日日春」、「渡情關」，報導「懷念的人物」，長篇小說「相思海」、「千縷新愁千縷情」、「鎖情」、「愛情終站」等。

上右：攝於第四屆鹽分地帶文藝營，右起林清文、陳艷秋、吳坤煌、郭水潭、向陽、蕭郎。

上左：陳艷秋與白先勇合影於第四屆鹽分地帶文藝營。

下：蕭郎、陳艷秋是南部地區少數的文學夫妻之一。

上右：左起白慈飄、周梅春、蕭郎、陳艷秋、孫起明。

上左：民國七十一年蕭郎留影於台南鹿耳門。

下右：陳艷秋近年來的作品多得令人側目。

下左：夫妻倆合影於七十四年第七屆鹽分地帶文藝營。

創作是生活中重要的部分

■張白伶

認識黃崇雄至少有十五年了，他曾經是妹妹的歷史老師，因此我跟著妹妹他們喊黃老師。黃老師的小說從早期「一隻鳥仔」、「風雨北航道」至今「烏脚病房」，我很幸運都能先睹爲快。

和艷秋相識是在她開始寫小說那年，算起來也已經十年了，從她還是個少女，到結婚當媽媽，從她是個小說迷到小說家，我和她在這條文學路上一起成長。

●視寫作爲最嚴肅的事業

同住在小鎭上，沒事時我常到他們家去找我喜歡看的書借回家。艷秋規定我必須寫「借據」，就是在一本記事簿上記下我借走的書名，這樣她在書架上找不到的書，一翻記事簿就知道是誰借走。她說很多事可以馬虎，但是書和寫作却是最一絲不苟、最嚴肅的事業。

雖然我沒上過黃老師的課，但是從妹妹口中得知他是許多同學仰慕的老師，他幽默、風趣，上他的歷史課百聽不厭，他擅長把現代人、物、事帶入古代來做比喻，讓學生一下恍然大悟，原來「歷史」是可以做爲「借鏡」的。黃老師的學生畢業後才發覺，上他的課一年，比中學唸六年歷史受益更多。

平常黃老師上課時，艷秋把孩子送上學，然後到學校圖書館或街上書報攤看遍各大報。她說看看文友們的用功成績，一方面督促自己也應該用功寫作，一方面看看別人都在寫些什麼。

她常說離開台北回到小鎭七年了，再不多關心文壇動態，自己眞的就要變成文藝圈的陌生人。

今年是艷秋寫作生涯中第十年，十年來她不曾間斷過，作品源源不斷，從早期的「無緣廟」到今年的「出鄉關」、「渡情關」是一系列短篇小說，以及第一本長篇小說「相思海」到今年六月出版的「愛情終站」，可以窺視出她作品的風格一直在蛻變，然而敍述的主題都離不開「鄉情」、「親情」與「愛情」。

艷秋將這些人間情事寫成一本叫「紅塵情事」的散文，和「愛情終站」同時出版。艷秋笑著說暫時保密，不然讓寫散文的朋友知道一定要打死她，罵她「撈過界」，寫小說的人還出版散文，太過份了。

艷秋的人颯爽俐落，生命力强悍，作品正和她的人一樣。除了小說之外她還寫過一系列的人物報導，有台灣懷念的鄉土人物，文壇作家及烏脚病醫生、患者。

艷秋的創作力旺盛，下筆迅速成篇，靈感文思就像自來水，龍頭一開就來。她常說小說寫累了就寫報導，不但可以調劑自己的心情，開擴自己的視野及胸襟，還可以從報導中搜集到小說的題材，眞是一舉數得。

●承認文學的無窮魅力

相反的，黃老師在寫作路途上就沒艷秋「敬業」。

他常說以「文學創作」爲職業是最倒霉晦氣的事業，如果他今天沒有一份教書工作的固定收入，光靠稿費定要喝西北風，更別談其他物質享受和養妻兒。

他常常自嘲說，「作家」在別人眼中只是很會寫「作文」的人而已。有一次學校竟要派他去參加「

未雨綢繆」的節育作文比賽，我聽了噗哧大聲笑出來，黃老師則一本正經的說，要跟我打賭一箱啤酒，如果他向別人介紹自己是國中老師，人家還會問他教那一科，熱烈的請教他學校之事，表現出一副「尊師」的禮貌相。但是即使向親朋好友說他是作家，人家連正眼也不會瞧他一眼，有的人甚至露出鄙夷、嗤笑神情，對他則是冷漠至極。他常問文友，也常問自己「文學有路嗎？」

黃老師很肯定的說，如果這羣孜孜不倦的文人把對文學所下的工夫及花的精神拿出來放在事業上，一定比在文學上有十倍成就。不過最後他的結論是，文學有一股令人無法擺脫的魔力，一旦和文學沾上邊，終身得背起它的十字架。

提到作家的身份，艷秋也是啼笑皆非的，每次人家問她的職業，她說在寫作，人家都認爲是「新聞記者」或是「寫參考書的人」，愈解釋愈弄不清，因爲很多人認爲作家就是像三毛、像瓊瑤，知名度高到處演講的人、或電視、電影的原著作者。一些國中、高中甚至大學生更認爲作品選入教科書的作者才是「作家」。因此後來她乾脆把「作家」的身份隱藏起來，只說是「家庭主婦」。

●寫作速度兩人迥然不同

黃老師的寫作年齡是艷秋的兩倍，作品量卻不及她的三分之一。一方面黃老師太「懶」也太「忙」，一方面他的寫作態度是艷秋口中的「猫神」及「龜毛」。每寫一篇小說之前再三的思索，下筆時又一改再改，一直到定稿，至少修改十次以上。定稿之後又要大刀濶斧一番，等到一篇小說完成，和最先的初稿已是完全兩樣。小說寫好他還覺得不妥，但又不知道該改那個地方，只有丟到一邊去沾灰塵。

人家小說脫稿後是一件快樂、有成就感的事，艷秋的經驗是彷佛生下孩般輕鬆與滿足，而黃老師卻是覺得每寫一篇小說就增加一件心理負担。

剛結婚那幾年，黃老師的文稿，艷秋總會如獲至寶似的幫他收妥在抽屜裏，等到他想要再修改時再拿給他，後來艷秋覺得他在文學路上太「不務正業」，偶而寫篇未完成小說又隨便亂丟，艷秋也懶得跟在後面收拾了，有一天他又想到要拿出來重改，只好自己再花時間從一大堆草稿、書堆中去翻找。

人家是一篇文章寫好後就急於發表，黃老師則從來不主動發表，每次都是艷秋做主幫他寄出去的，像目前在台灣時報發表的中篇小說「烏脚病房」，已經寫好兩年了，也修改過「N」次了，稿紙都發黃了，搬家時整理書籍時，被艷秋在一堆雜誌中翻出來，她寄到副刊，當編輯決定連載時，黃老師竟大發雷霆，責怪艷秋沒徵求他同意隨便寄出，小說中還有些地方他覺得不妥，必須再改。艷秋則認為他都丟在一邊兩年了，要改也早改了，黃老師還是嘀咕著，或許還有一些錯字。他這種態度就是艷秋說的「猫神」、「龜毛」，其實這表示他創作的「嚴謹」。

黃老師常說要發表的作品就得是最好的，否則就不要登出，不然徒增讀者負担。

艷秋曾估計過她用掉四張稿紙即有一張作品，黃老師則寫了十張稿紙也沒有一張是作品，艷秋常戲謔他的「投資報酬率」太低了。黃老師早打定主意，這輩子即使去做工也不會靠寫作為生的。

黃老師的筆名是「蕭郎」，如果以台灣話唸來十分的雅氣好聽，但國語一唸變成「狷人」，艷秋最討厭別人這樣叫，給人「不正經」的感覺。於是「烏脚病房」發表時就用「黃崇雄」本名。黃老師說「從此蕭郎是路人」。

基本上說來，艷秋是積極的創作態度，黃老師則是消極的創作態度。雖然兩人曾為不同的態度有爭執，也因文學觀的差異相持不下，但最後彼此都採取互不干涉，各人堅持各人的創作原則及文學觀。

創作之外，他們尚有許多共同之處，譬如看同一台電視新聞，固定訂那兩份報紙，同樣喜歡誰的作品，同樣討厭某人的言論。

●喜看人生百態

他們喜歡到人多的地方去看人生百態，也喜歡和文友臭蓋通宵達旦。閒暇時騎摩托車沿著鹽田風景線走一圈，到南鯤鯓廟埕站站，到馬沙溝海灘坐坐，看漁船入港，看漁民拍賣魚，這些都是他們小說中取材的對象。

艷秋一個月保持三萬字至五萬字的創作量，但寫作並沒影響兩人的生活作息，她生活還算規律，即使熬夜，第二天七點之前也一定起床做家事。白天寫作到了一定時間她就停筆做該做的事。她常抱怨時間被割碎了，尤其電話多雜務也多，有時她發狠把電話拿掉專心寫作。有時整天沒電話她也覺得是否電話壞了，住在小鎮，電話是唯一和北部及高雄文友聯絡的工具，她很怕電話眞的壞了。

黃老師偶而寫作都是晚上十點以後才提筆，常常一寫就挨到天亮。艷秋說他一動筆全家人生活步調就亂了。當三、四點時睡意正濃，黃老師寫得正興奮，就把艷秋叫醒，說說他正寫的小說情節，問精不精采？動不動人？最近寫台灣史詩，夜裏上床時他就要反覆唸幾遍讓艷秋聽，碰上他滿意的句子一唸再唸，並吟詠成歌，連六歲的兒子都會背爸爸寫的詩了。艷秋說他最近老是陶醉在自己的詩句裏，這大概是他重返文壇的一個開始吧！

●極端的性格差距

雖然兩人在文學創作上有諸多不同的意見，直到今天還是壁壘分明，生活一些細節也有極端不同，但是這麼多年也彼此漸漸同化了。

像艷秋已習慣黃老師冬天裏連吃一個月火鍋的嗜好，習慣他不穿襪子，習慣他報紙、書本不歸回原位，習慣他一出門就忘了回家時間，習慣他的沒時間、金錢、數目的觀念……。而黃老師也遷就艷秋，夏天中午吃麵、水餃或粽子、碗粿一些現成食品，忍受她大聲說話，忍受她太多的電話、雜務多、常出門旅行……。

艷秋是「急性」，黃老師則是「慢性」，眞的是「急驚風遇上慢郎中」。生活中的爭吵往往就是這兩種極端差異的個性引引起的。以前還會冷戰個三、兩天，愈來冷戰時間愈短，常常過不了幾小時，彼此就忘了剛才的爭吵，又開始熱烈討論某一件事。

這大概是夫妻間外人無法捉摸的默契與諒解吧？

艷秋常說，以前她寫的小說、散文、報導甚至連記錄，黃老師都嘖嘖稱好，說她有才氣，天生是個「作家」的料。每次作品發表前黃老師還會耐心的看一次，提供點意見，後來他只在發表時看一下，接著只看題目，本來他在學校看到艷秋的小說一定先打電話回來，下課時再把他看過的報紙帶回來。後來他報喜心情也沒了，直接把報紙帶回來，再後來是連報紙也沒帶回來，只告訴她今天那報登了她的小說，最後是回家說「學校某某人說今天某某報登了妳的小說」，現在他連「轉告」都懶得轉告。只是偶而「抽查」她的剪貼簿，發表一下他對她寫的小說的意見，最後還是老話一句「慢工出細活」，他講究小說的故事性要强烈，要有感動人的情節。

艷秋常提起黃老師對她出版書的心情，由熱滾滾如一壺沸騰的開水，到冷冰冰如十二月烏寒天。第一本小說出版，他陪她看合同書，一起簽約、定書名、校對，連書中介紹文詞都是他親自斟酌再三才下筆。接着她的小說出版他只淡淡的表示要挑幾篇滿意的，連書名也沒意見。後來艷秋出書，事先他都不曉得，只在出版社寄書來他才曉得她又出了一本新書，等了好一陣子才拿起來看，然後說「印刷精美」。最後她出新書，都是別人告訴黃老師，他回家才想起來說「某某人說妳又出了一本新書寫的不錯，我看看」。

●朋友來訪酒自備

黃老師教書之外，在家就看看報紙、雜誌，不然逗逗兒子玩，他自己寫小說卻從不看小說，專看歷史、哲學書，報紙也不看副刋，只看國內大事、社會新聞及國際大事三種版。副刋則等艷秋告訴他今天某人發表某文，他才拿來瞧瞧。興致一來就打電話給文友，對人家文章讚揚一番或臭罵批評一頓。每次繳電話費艷秋都哇哇大叫，他聊天一聊電話費好幾千元，他總搔頭想不通「講話」的代價爲什麼這麼高，然後告訴艷秋趕快把電話鎖起來，免得他一高興或一生氣又打長途電話了。

黃老師生活最大的樂趣就是和朋友喝酒、大發厥詞、爛醉一場，累了三天，然後發誓不喝酒，下次喝酒早忘了那些誓言。朋友來，談到興奮處，連艷秋珍藏的藥酒和過年要請客用的酒都喝光。最近艷秋家裏都不備酒了，他們的好友黃勁連來時得自己抱一箱啤酒或抓兩瓶竹葉青，來過過酒癮。

●百花滿園室生香

艷秋的生活除了寫作看書，最大樂趣是帶着兒子種花，他們本來住學校宿舍，有一大片空地，種滿各種花，新買的房子雖沒空地，卻每個房間都有一大片陽台，種滿盆景。

艷秋喜歡玉蘭花和桂花的清香，喜歡玫瑰的艷麗，日日春及九重葛旺盛的生命力，一棵茉莉花可以繁殖出好多棵來，每年春天艷秋就移植到盆裏，一盆一盆送人。

每天早上她一定澆花，檢查花苞是否開花，幫凋謝的玫瑰整枝修葉，她說這是一天中最安詳的一刻。

爲了寫十二月花神譜三月的桃花，艷秋特地挑了兩棵桃花回來種，並翻閱園藝書，研究桃花習性。她和黃老師最强調的是，一個寫小說的人生活體驗要多，常識要豐富，好在學校就在附近，碰到不懂的地方隨時都可以請教，那些老師也樂意，因爲問題不懂自己再翻書也算充實自己。

他們的生活就是這麼單純中富有生趣，在熙攘人羣中自覓一份清閒，從寫作上去表達自己的理念，在作品中堅持自己的理想。儘管生活上、寫作上仍然有困境、瓶頸待突破，但是他們兩人一直是文友們羨慕的文壇神仙伴侶。

比翼雙飛

李永平／景小佩

●**李永平**，民國三十六年生於婆羅洲，中學畢業後來台就讀台大外文系，七十一年獲華盛頓大學比較文學博士，曾任教中山大學外文系。除短篇小說外，目前也從事長篇小說的創作。著有短篇小說集「拉子婦」、「吉陵春秋」，「吉陵春秋」一文曾獲得時報文學獎小說推薦獎，現專事寫作。

●**景小佩**，民國四十年生，山東廣饒人。師範大學國文系畢業，美國聖路易大學藝術學院碩士。曾任美國世界日報副刊主編、民生報萬象版記者，現任聯合晚報藝文組組長。

下：夫妻倆像是無所不談的知心朋友。
上：寫小說是李永平一生無悔的標的。

下：李永平、景小佩於美國密蘇里洲名勝 Arch 拱門前。

上：景小佩喜愛文學、戲劇，也為一個忙碌的編輯人。

紅塵內外

■楊錦郁

他倆是一對絕配，生活上，彼此像是室友，各自獨立過日子，感情上，兩人像是父女相互依偎，又像是無所不談的知己。

他對妻子的要求是，不准成天為做三餐忙碌，要能夠完全獨立生活，讓他沒有後顧之憂，縱使一年不見，也不會精神恍惚。

她正好是個不愛煮三餐的女人，她喜歡玩，凡記者會的事情，打牌、跳舞、喝酒，她都會一手，不過，她懂得把持，及時抽身。她習慣周旋在十里紅塵，應付各種人情事故，希望擁有完全自由獨立的生活，下班後，渴望有一個男人的臂膀可以依偎，這個男人必須是她永遠無法超越的人，李永平正是可以縱容她率性的生活，又時時牽引著她的人。

李永平說：「全世界只有我這個男人可以容忍景小佩，也只有她這個女人可以容忍我。」理由是他的怪癖不少，其一，他只要看到太陽出來就想睡覺，他受不了日間的嘈雜，所以，只要陽光普照，他都是躲在被窩裡，當夜晚來臨時，他就像一隻瞳孔發亮的黑貓，抖擻起來，他一切的構思、寫作，幾乎都在深夜進行。其二，他非常痛恨人際酬酢，即使死黨們精心擺下狐狸宴，也引不起他的興趣，萬不得已出席時，那張老K臉準讓人倒足胃口，他對朋友的定義是：朋友不是用來交際磨牙的，朋友是知道我不斷努力，暗地替我高興的人。其三，他的煙癮極大，他可以沒有東西吃，却不能沒有煙抽，曾經在深夜裡買不到煙而到馬路上去揀別人丟掉的煙屁股，最糟糕的是，他常常把家裡弄得灰飛煙滅，被他燒破的東西有衣服、床單和小佩的睫毛。

難得的是，活潑而有潔癖的景小佩竟然能對他這些惡形睜一隻眼閉一隻眼。

●精神上的結合

李永平生長在婆羅洲的一處山村裡，家裡兄妹衆多，父親又生性浪漫，經常隨興工作，使全家面臨斷炊的情境。當地的孩子要上學時，需以米糧來權充學費，李家在三餐不繼下，根本沒有多餘的口糧繳交學校，於是，李永平和兄姐們便被罰站著聽課，日積月累，兄姐受不了這種羞辱，紛紛逃課，只有他暗地告訴自己，除了讀書這條路，他別無選擇。高中畢業後，他在當地一位寵神父的資助下來到臺灣，以自食其力的方式唸完台大外文系，而後前往美國深造，進入華盛頓大學攻讀比較文學博士。

原先，他扛著一肩漂泊的行囊冷眼關注人間，流浪了三十二年，遊子的步履也會變蹣跚，他忽然極想駐足下來，於是，從美國寫了一封信給在大學結識的景小佩說：「你來，我們結婚吧！」彼時，景小佩正在國中擔任第二年教職，一想起要重複上一年講過的教材，不由得悶透起來，她率性辭去工作，飛往美國，成爲李永平這個她不頂熟悉的男人的妻子。

婚後，他們在彼此的適應中逐漸掌握到對方的個性，景小佩發現生活的磨難使枕邊人看透人世間的許多糾葛；睿智的思考使他蔑棄世俗、超越人羣，爲此，他很少遇到談得來的朋友。最叫她驚心的是這個男人有無比毅力，他可以爲了寫作，一連十幾個小時不吃不喝，還不許旁人發出半丁兒聲響。

在他封閉的創作環境裡，連景小佩也不准跨越半步，推開了書桌，他會仔細聆聽她的牢騷，要她不必爲成績差幾分而埋怨，更時時向她剖析人世的許多道理，幫她快速成長。

由於雙方的家境都不算好，景小佩在取得聖路易大學藝術學院的戲劇碩士後，便快速整裝回國工作。回國後，她發現一個晴天霹靂的事實：她是一個不孕的婦女，她沮喪、徬徨，對先生充滿了愧歉，直到她接到李永平從美國寄回來的信，上面說：「夫妻生活有很多瓶頸，如果能夠突破這些瓶頸，沒有孩子的夫妻反而更能達到形而上的溝通。我做得到，你呢？」景小佩釋懷了，撥開雲霧，她覺得自己是最快樂的女人，她全心在工作上衝刺，空暇時，欣賞國劇，教授戲劇，她的身上沒有油煙味，有的是現代女性的幹練和自信。

●無悔的標的

景小佩和李永平俱從事小說創作，雙方對於寫作的態度和理想却截然不同，景小佩讀的是國文系，在校時也寫過新詩，但似乎更熱衷話劇演出，到美國留學時，由於身爲獨生女，父親生病，爲了替家裡賺點零用錢，她便練習寫小說向國內的媒體投稿，也許是她原先便有點小聰明，幾篇試作下來，倒也引起不少掌聲，不過，她志不在此，所以對寫稿總是抱著拖拖拉拉的態度，好在李永平是個熱過頭的讀者，總會在截稿前把她從床上揪起來，逼她硬把稿子寫出來。

至於李永平自己，爲了寫作幾乎已達廢寢忘食的地步，從他的第一部小說集「拉子婦」出版到第二部小說「吉陵春秋」之間相距八年，八年間，他從來沒有放下筆，無時不在構思、修飾，寫小說似乎是他這一生無悔的標的，在小說世界中，他得以傳達自己的心靈活動，並藉由小說人物、情節來表達他對人性的反省。

●中西並治

在文藝圈中，李永平對文字的要求素來有名，他可以爲了一個字句的推敲斟酌半天，每篇稿子在刊出前後都要經過數次的校斟才滿意。

他本是一個馬來西亞的僑生，讀的又是比較文學，然而他對中國文字的應用却比絕大多數的中文作家來得道地，其中的原因實在令人費解。景小佩說也許他天生就對中文比較敏感，當他才五、六歲時，就懂得用收音機來接收大陸的廣播，結果他們全家都講當地土話，只有他說一口流利的北平官話。他在僑居地從沒機會接觸到和國學有關的事物，小學五、六年級時，有一次他在某機關做事，發現了一本其厚無比的中文書「蒙古史」，他欣喜若狂，把那本書從頭讀完，小腦袋裡裝滿了蒙古的內政、社會、經濟等等，這是他最早接觸到的中文著作。

來台灣求學時，他大部分的時間都花在圖書館研讀。留美後，他專攻的是比較文學，他自述道：「讀了多年英文，我自認得到一個寶貴的收獲：外文教育培養我判別語言的能力——甚麼是中文？甚麼是英文？我不能忍受『惡性西化』的中文。」這也是他爲何花了八年的時間才寫成「吉陵春秋」的原因，他繼繼續續，苦心經營，只爲了治煉出一種菁純的中國文體。

除了中文外，李永平琅琅上口的英文更叫許多老美汗顏，他的短篇小說被威斯大學的博士班拿來當教材，當他還在唸博士班時，所寫的英文也常常被老師拿出來張揚，因爲他是全班寫得最道地的。

在語言和文字外，李永平對中美兩國的文化也有相當深刻的瞭解，他是華僑，住過南洋、台灣、美國，有很多機會和各處的中國人接觸，得以看透中國的民族性，也衍生出對祖國複雜的心情。他也算得上是一個美國通，凡美國歷史上的重要事件發生在某年某日，他脫口就出，還對各種風俗掌故瞭若指掌。

此外，他還懂得拉丁文，他對文學和文化的事總能應付裕如，但是，談到了其他，可就英雄無用武之地，景小佩說，「家事他全不會」，有一次，他忽然想吃蹄膀，便趕緊跑出去買一隻，加點醬油就燉了，然後返身做旁事去，待他記起廚房的事時，蹄膀和鍋子早就糊在一起，他氣極之下，抓起鍋子，把它扔到雪地裡，發誓從此再也不吃這種東西。

●心靈世界的呈現

李永平的第一本小說「拉子婦」寫於學生時代，書中特殊的背景和嚴謹的結構，曾經引起多方的討論，「拉子婦」雖獲好評，但他卻認爲那只是自己的試作而已，他眞正的寫作要從「吉陵春秋」開始。「吉陵春秋」是由十二個短篇串成一個長篇故事，書中的時空背景模糊，引起很多評論家的推測，有人說是江南或華北，也有人說是華南、台灣、南洋三地的綜合體，作者對於這一點從不做正面解釋，他自承「吉陵春秋」只是一個心靈世界，「吉陵」究竟在那裡並不重要，景小佩卻透露一個秘密，她說：「吉陵就像李永平的家鄉，三年前，我隨他回婆羅洲時，他曾帶我到萬福巷去，還指著劉老實的棺材店給我看，當然在外貌上已不像從前，而變得現代化了。」

小說家不免會以自己熟悉的人物和環境來當做寫作的素材，景小佩說：「我曾開玩笑地請他把我也寫入小說，但是他很嚴肅的告訴我：『你最好不要進入我的小說裡，我小說中的人物都很苦，我對他們很殘酷，他們只是我的一個工具，爲了完成某些使命，有時候要讓他們死得很慘。』」

小說人物的命運是可以任由他擺佈，問題是，在創作過程中他已經和這些人物產生休戚與共的情感，他往往爲了人物悲慘的遭遇心酸不已，甚至忍不住痛哭失聲，所以他的寫作可說是一件相當傷神的事，但是，對於自己抉擇的這條路，他卻義無反顧。爲了寫作，他甚至辭去了穩定的大學教職，焚膏繼晷地努力想完成文學的使命，面對他如此耗損自身的健康，景小佩無限的心疼，她說：「我救不了他，要他中止寫作，他只有一條路可走，那就是死！能幫助他的只有獨立起來，把自己照顧好，讓他沒有任何後顧之憂。」

●兩地懷念

目前，李永平獨居在北投山上專心寫作以南洋、台灣、美國、大陸爲背景的四部曲，這是一部描寫大時代的鉅著，預計先以兩年的時間完成第一部曲。景小佩則維持她的記者生活，在工作之餘，抽點空編寫國劇劇本，她强調自己喜歡玩票，什麼事都會一點，但是絕不癡迷，她害怕那種身陷其中，不能回頭的孤絕。

每星期五是夫妻倆快樂的約會，小佩到北投接他回來；星期六，李永平到美新社上一天班，負責翻譯社論，並藉此賺點安家費，讓雙方更能放心地做自己想做的事；星期日，她送他回北投繼續自囚性的寫作，自己也恢復了凡塵的生活。

長期聚少離多的日子，使他倆的情感多滋生一層懷念，他們珍惜後續的寫作和新聞工作，也期待下一次的相會。

沈萌華／陳佩璇

●**沈萌華**，本名沈明進，民國三十六年生，台灣雲林人。東海大學外文系畢業後從事文學創作及評論工作多年，現任聯合報綜藝組副主任。曾獲得第一屆吳濁流文學獎、第七屆聯合報小說獎。著有短篇小說集「怒潮」，編有短篇小說集「青春作伴」、「西樓望月」、「七十年短篇小說選」。

●**陳佩璇**，民國三十九年生，南投埔里人，台中商專畢業。曾任宇宙光雜誌出版社總編輯、台視家庭月刊特約編輯，現專事寫作。著有短篇小說集「靈魂不賣」，傳記「一個人的塑造——天命、環境與努力」，編有散文集「永恒的春天」、「愛的故事選集」、「愛之窩」等。

比翼雙飛

上：沈萌華與陳佩璇於民國六十三年結婚。

下：沈萌華、陳佩璇留影於南非普京聯合大廈前。

上：沈萌華、陳佩璇與他們的一雙兒女。

下右：陳佩璇一直在朝理想的編輯人及創作者的路上邁進。

下左：兩個孩子跟爸爸的感情很好，像朋友一樣。

共同經歷那段空白等待的日子

■李宗慈

每年都會安排出國增長見聞的沈萌華、陳佩璇夫婦，今年初利用農曆春節假期，他們將中國新年放在行囊中，暫時擺脫一切，飛到南半球的鑽石王國——南非旅行。

此行看多了黑臉白牙，又帶著一身陽光回來，三月初台北尚飄著細雨，典型的春寒料峭，欲暖還寒的氣候，使得陳佩璇忙不迭地告訴大家：「台北眞冷，台北人好白。」

●爲「生活上的平安與喜樂」感恩

像每次出國一樣，他們除了買回很多書籍資料外，更多的是對人世間的感動。

曾經，他們在新、馬看見「鄭和下西洋」時留下的後裔，是如何胼手胝足的開創著新的世界，爲炎黃子孫開拓著另一面「有陽光照耀的地方，就有我炎黃子孫存在。」的史實。

這次，他們搭乘著七四七客機，經過長達十六小時的飛行，才到達南非，更到了非洲最南端的好望角。想到當年狄士亞繞過好望角及後繼者發現新航路，怎不叫這對篤信基督的夫婦感動萬分，並感念先人們的戮力、苦辛。他們也覺得，現代人除了要讀萬卷書外，更要行萬里路，出國旅遊不但增長見聞，同時能將書中的地理、歷史實際化，也看到造物主所創的世界是多麼的奇妙、多姿！

或許，就因爲有著共同的信仰，他們不時的爲「生活上的平安與喜樂」感恩！他們爲周遭尚未信主的親朋好友禱告，爲社會上各種不幸事件的發生而禱告，並且也教導孩子們，在信仰中長進，在生活中凡事感恩。他們在無盡的愛與相互的信任中，扮演著夫妻、父母與子女。

●一見鍾情的相知相惜

沈萌華說：我們因爲愛好文藝、寫作而結緣，是「臭味相投」。陳佩璇說：套句俗話，也許我們可以算是「一見鍾情」吧！

早在東海大學讀書時，台中民族路上長老會女生宿舍門口，沈萌華便是勤於站崗的追求者。溯及起當年的往事，陳佩璇與沈萌華互換著一個訊息——「你說，還是我說。」是那麼的一切盡在不言中。

陳佩璇說：「由於與陳憲仁（現任明道文藝社社長）是同鄉，又都在寫作，有一次，陳憲仁拿了一疊沈萌華小說的剪報給我看。使我對這個人有點紙上印象。」直到有一次在一場音樂會中，透過一個學音樂的朋友的介紹，沈萌華才開始去認識「一個小女作家」——陳佩璇。

「他很會纏人，自從認識他以後，我就沒有其他時間去交別的男朋友了。」他總是天天打電話或耐心地在女生宿舍前站崗，或者是在樓下央人傳話。這對當時保守的教會宿舍而言，可是很轟動的一件事。

那時候陳佩璇的家人及教會牧師娘爲她務色的對象，不是醫生要不就是家世背景很好的男孩，但她總是覺得和這些人不「來電」，直到沈萌華出現，她眞正跟「男朋友」交往。

那時尚在彰化教書的王孝廉，跟沈萌華是好朋友，他們一齊去彰化找他，他就曾特別跟他們說：「你們是很配的一對，只要把交往的時間拉長一點就沒錯！」

那時，每次陳佩璇回埔里，沈萌華一定一路送上回埔里的車子才離開，賸下的便是期待她的「歸來」，而每次陳佩璇回埔里，一定會爲沈萌華帶一個「內容豐富」碩大便當，眞是羨煞那些東海同學。沈萌華說，那時家裡窮，不認識香菇，所以，每次陳佩璇帶香菇鹵肉便當給他吃時，他總是傻傻的錯把香菇當「醬瓜」，反正同樣是黑黝黝的，他說。

●沈萌華的棄商拾文

對於自高中時便篤信基督的陳佩璇而言，面對無神論的沈萌華只有無盡的禱告，終於在婚後的第六年，在一個聖誕夜裡的一場音樂佈道會上，沈萌華舉手決志，接受了基督的信仰。她說，那正是「上帝的聖靈動工時，再堅硬的心都開了。」

在人世紛擾雜沓的社會中，沈萌華大學畢業後棄筆從商，並且做到總經理之職，但是，當他回首曾經走過的每一段商業生涯，竟然發現多是活在爾虞我詐、人云亦云之中，不但沒有了眞我，連自我也一併消失了。那些並不是可以終生投入的。

多年前，當沈萌華決定「棄商從文」重新回歸文字工作後，就辭職在家等待。這段期間，陳佩璇完全支持他、全力爲他禱告，求神給沈萌華一個「安定的地方」。他們共同經歷了那段空白等待的日子。在那幾個月的時間裡，沈萌華又再度執筆寫作，不但寫小說，也寫書評，並且還榮獲聯合報第七屆小說徵文獎。

對沈萌華而言，妻子所給予他支持與信任，使他可以安心地等待重新出發。而在那段「等待、尋求」的時間裡，妻子沒有怨言，只有鼓勵與了解，讓他深深以爲，有這樣的妻子是幸福的。

●體認與包容

誠如他們所說，當你獲得基督信仰時，你會發現自己是個新造的人，是重生過的，你的人生觀、生命觀、價值觀都會跟著改變。夫妻雙方也比較能互相體諒、包容。

近年來他們兩人致力於文字福音工作，但他們從不向著別人强派福音，只是邀請朋友種加教會禮拜，也歡迎朋友們到他們家，和他們分享一個生活在基督引領下的和樂家庭。

沈萌華與陳佩璇擁有一雙可愛的兒女，兒子今年上國中一年級，功課非常吃緊，但他們並不逼孩子做個考試機器，他們還是讓他彈鋼琴、吉他、打球、聽音樂會、參加教會團契……。女兒今年上國小五年級，跟哥哥一樣，從小在主日學校長大，敬畏上帝、信靠上帝。沈萌華與陳佩璇都認爲：兒女是上帝所賜給他們最大最寶貴的產業。他們深爲擁有一對活潑、可愛、健康的兒女而感恩！

●安定的家，戀家的男人

陳佩璇說：沈萌華永遠是她小說最嚴苛的批評者，也是她的第一位讀者。當她寫完一篇小說時，一定請他第一個「拜讀」，不論是白天或是晚上。沈萌華雖然嚴苛，但也給予她很多鼓勵。由於兩人都喜歡買書，婚後，他們竟然發現，在各自的藏書中，有著過多相同的書。也因此，在文學的欣賞上，總不忘相互討論、相互提醒；但是呈現在作品上的風格，却是完全的殊異。

論起「丈夫」這個頭銜，陳佩璇笑著說，他可是個最笨的丈夫和情人，他從來不懂得送花或禮物給妻子，他總是說：會送花和禮物給妻子的男人，也許會送花和禮物送給別的女人，「花言巧禮」那有什麼好，我給你錢，不是更實用嗎！

不過，這個「實在」的丈夫，却是個道地戀家的丈夫，每晚回到家，如果沒看到太太，第一句話便問孩子：「Where is mami」。陳佩璇說，他也是個令人放心又安心的丈夫。無論人去到那裡，也無論是在國內或是在國外，只要他一安定下來，必定會打電話回家報平安，他讓妻子覺得他是個顧家、負責的丈夫，因此這十年來，陳佩璇可以很篤定的全力投注於宇宙光的編務上。

人們總是說「一個成功男人的背後，必定有一位偉大的女性。」今天，在我們的社會裡，或許也可以說：「一個成功女人的背後，必定有位偉大的男性。」

●彼此互勉，更上層樓

今年三月，陳佩璇辭去了曾經效命了十年的宇宙光雜誌編務，這確實是件重大的抉擇。她希望能重新調整，在寫作和人生歷練上，都有新的突破和衝刺。

最近他們有個令人開心的消息，那就是，陳佩璇今年三月八日告別雜誌編務後，所寫的第一篇小說，獲得了文建會與新生報合辦的短篇小說徵文獎。太太得獎後，先生比她更開心，沈萌華說：「這是佩璇第一次參加徵文比賽，又是辭職後寫的第一篇作品，能夠得個獎，對她未嘗不是個小小的鼓勵與肯定。」

目前沈萌華在聯合報綜藝組，負責參與萬象、繽紛、影劇、婦女與家庭等幾個「很好看」的版面，他做得很起勁，也很有成就感。他們夫婦二人，彼此互勉，除了做好「編輯人」之外，在創作上，也應有更好的成績。

比翼雙飛

林仙龍／周梅春

●**林仙龍**，民國三十八年生，台南人。政戰學校政治系畢業，曾主編「南縣青年」、「大海洋」詩刊執行編輯，也是「主流詩社」、「大海洋詩社」的一員。曾獲得六十六年全國優秀青年詩人獎、六十七年國軍文藝金像獎短詩銅像獎。著有散文集「心境」、「離家的丈夫」、「背後的脚印」，童詩集「趕路的月亮」等。

●**周梅春**，民國三十九年生，台南人。曾獲得第五、第六屆吳濁流文學獎小說佳作獎及第十七屆國軍文藝金像獎短篇小說銅像獎等。著有「中國傳奇故事」及短篇小說「純淨的世界」、「夜遊的魚」，長篇小說「轉燭」等。

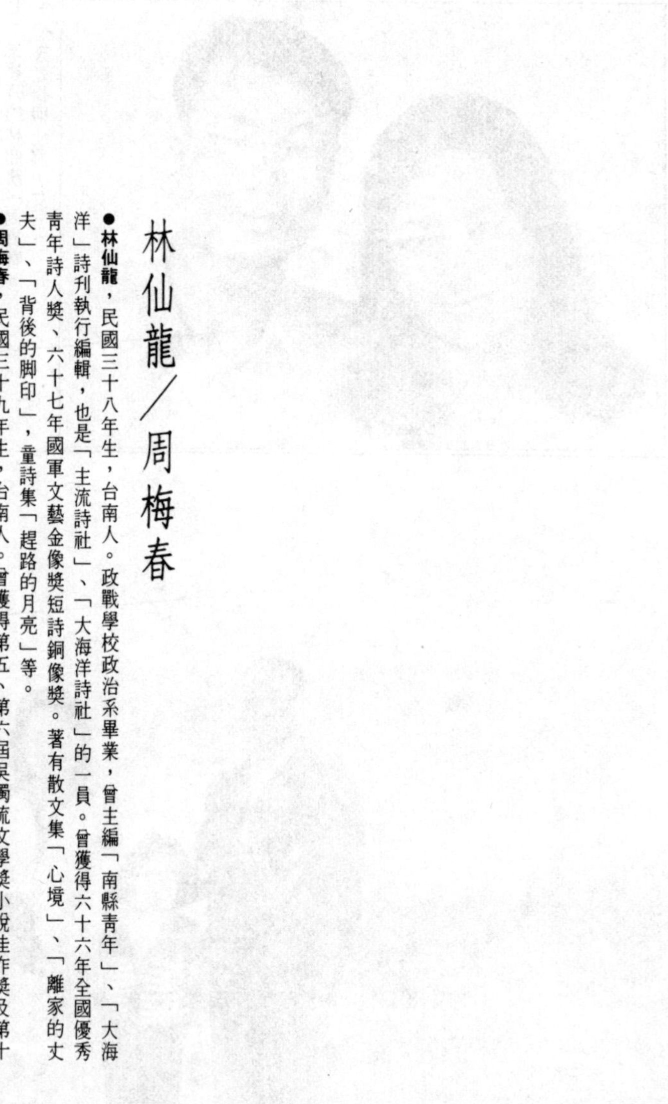

上：年輕時的林仙龍、周梅春。
下：夫妻倆與一對小女兒。

上：如今兩個女兒已亭亭玉立了。

下：林仙龍與周梅春的誠摯熱情，使他們擁有不少的朋友。

用文字做心靈溝通的橋樑

■蔡文章

●來自鹽份地帶

林仙龍、周梅春這對令人欽羨的夫婦，生長於文風鼎盛、人傑地靈的鹽份地帶，其文學的啓蒙、體認與執著，有其歷史的背景，優良的傳統。

民國六十年左右，鹽份地帶新一輩的文人，承繼前輩的遺風，累積了文學的根，形成一股新生力量，林仙龍與周梅春就在此時開始在文壇嶄露頭角。雖然稍後因婚姻、工作而離開了鹽份地帶，但不可否認的，對於這塊他們札根的土地上的人、事、物，却成爲他們文學創作源源不絕的素材。

●聚少離多感情深

林仙龍與周梅春同是台南縣北門中學校友，經過戀愛成熟，於民國六十一年結婚，當時林仙龍剛從政戰學校畢業調派海軍艦隊服務，由於工作關係，他們遷居高雄迄今。

林仙龍對人正直誠懇，不虛飾、不逢迎、服膺天職，是道地軍人本色；而在任何艱苦困厄環境中，都能保持一顆奮鬥上進的心，這般的刻苦耐勞，却又是典型的農民性格；而周梅春是個待人寬、律己嚴的女子，做事腳踏實地，不造作、不圓滑，凡事講理，不喜歡跟別人計較，他們兩個相同的個性是樸實、眞摯，典型的「鄉下人」。

由於林仙龍服務海軍艦隊，因職務關係經常不在家，周梅春除去要照顧家庭、教育兩個女兒外，還經營一家文具店，又能源源有作品出現，使林仙龍沒後顧之憂，而能全力以赴去從事寫作工作，她的忙碌可想而知。

周梅春爲家庭的犧牲與付出，使林仙龍非常心疼與感激，因此只要有休假回高雄，他幾乎把時間交給妻女，一家生活和樂融融，幸福美滿。

民國七十五年林仙龍晋升上校，奉調海軍總部二處副處長，當時才三十七歲，這是對他能力與盡職的肯定，兩年後的今天，他調回高雄左營任職海軍出版社、忠義報和中海軍畫刊，更能借其長才，好好表現一番。離家近了，有個更安定的環境，相信對其工作與寫作必能有所發揮。

●共同編織文學天地

民國五十三年，周梅春發表第一篇散文於「中國婦女周刊」，揭開了創作生涯，而那年她才十四歲。民國六十二、三年曾二次獲吳濁流小說獎，給予她在創作方面很大的鼓勵，也使得她從此專注於小說的創作。民國七十年獲得國軍文藝金像獎短篇小說銅像獎。民國七十六年榮獲高雄市小說文藝獎，更肯定其在小說界的地位。

民國五十三年，林仙龍國中三年級那年得到全校論文比賽第一名，次年獲台灣省文藝創作高中組第四名，展露了他寫作的資質，其後無論學校、軍中、社會凡有文藝創作比賽，都屢次獲獎，其中以詩與散文爲主。主要的大獎有民國六十年警總文藝金環獎，民國六十九年教育部文藝創作獎，民國六十四、五、六、九、七十、七十二年榮獲六次海軍文藝金錨獎，民國七十二年獲商工日報雲嘉南文學新詩獎，民國六十七、六十八、七十四年獲得國軍文藝獎，一次比賽，就是一次磨鍊，得一次獎，也是一次肯定，在詩與散文的創作，有其輝煌的成果。

周梅春寫小說，林仙龍寫詩與散文，彼此一篇作品完成後，都會互相討論，提供意見，切磋琢磨，使之更臻完美。周梅春曾經肯切地說，在寫作的路上，林仙龍對她的幫助大，她的許多小說題材及文學走向都受到他的影響，但是，他們彼此都相互尊重對方的創作觀。

結婚十六年來，他們始終認爲寫作是他們夫妻工作之餘的消遣，他們共同編織文學天地，自得其樂，而文字一直是他們心靈溝通不可缺的橋樑，也許因爲有這座橋樑，他們的家庭生活比一般人來得充實、快樂、幸福。

●「轉燭」肯定了周梅春的小說世界

周梅春的著作，第一篇小說於民國五十五年發表於聯合副刊至今已有二十二年了，民國六十二、三年「鹿場之夜」、「下一代」兩文獲吳濁流小說獎，民國六十四年出版第一本短篇小說集「純淨的世界」（浩瀚出版社），民國六十五年至六十九年，接受「華淋」等三家出版社專聘，編寫兒童叢書百餘種，並出版社會寫實小說十餘種，這五年磨練了各種寫作技巧，也奠定對文字的純熟運用。民國七十年，「海疆勇士」一文獲得國軍第十七屆文藝金像獎短篇小說銅像獎。民國七十二年「金手鐲」、「不如歸去」、「曙光」三篇小說獲選編入「海內外青年女作家選集」，民國七十三年中篇小說「竹林風聲」於成功時報速載，長篇小說「轉燭」於商工日報連載。民國七十四年「轉燭」出版（爾雅出版社），民國七十五年短篇小說「夜遊的魚」出版。

綜觀周梅春在追求小說創作的漫長歲月裡，大抵以短篇小說創作為主。若要評論其短篇小說，我們可借前輩小說評論家葉石濤在「美德的輓歌」一文中所寫的一些話：「周梅春這個作家的作品之所以會給人帶來親切、紮實的感覺，可能是她的作品真正地反映了這廣大的中南部腹地各階層民衆的生活現實的緣故。……從小生活在鹽份地帶，從貧瘠的故鄉來到高雄的周梅春，很熟悉農民、漁民的生活面貌。在高雄的市井生活中，她又接觸了各階層的民衆；從知識分子、白領階級到勞工。由於從小生活在很少有激烈變化的農村，周梅春對失去的農民生活有濃厚的鄉愁。同時由於做一個家庭主婦生活在都市的忙碌環境中，為生計而奮鬥，她也深刻瞭解，工商業社會裡道德價值崩潰或蛻變的現實。對舊時生活的依戀及對現代生活的抗拒和接受間，周梅春的這些短篇小說呈現了轉型期台灣社會的各種面貌。所以她的短篇小說裡的主題，常常繞著新、舊觀念、道德、生活方式的衝突所惹起的各種悲劇而展開。在小說裡她從不顯出自我，也沒提供任何解決癥結的見解，但是我們隱約地可以感到她對不幸的人的同情和打抱不平，也感到她對舊時美德，如奉獻、犧牲、誠實、正直等道德的深摯的肯定。儘管她作品中的人物的犧牲奉獻換來的是無情冷酷的現實的摧殘，可是美德的光輝仍然光芒四射，恒古的良善人性永遠是勝利者。」

在周梅春的小說創作裡，最值得一提的是她在民國七十四出版的長篇小說「轉燭」，這部小說在商工日報連載時，就得到很多回響，相繼有郭晋秀、蔡碧航、羊子喬、莊金國等人為文評介，成書之後，「文學界」又在高雄縣美濃鍾理和紀念館舉辦了一次非常成功的討論會，會中討論得相當激烈，雖有貶有褒，但瑕不掩瑜，最後有一個簡單的結論：大家都認定它是八十年代繼李昂「殺夫」之後的一個收穫，「轉燭」這部小說，是以一個女人一生的過程，來表現台灣六十年的農村經濟、社會的演變。對周梅春的小說有相當研究與期許的葉石濤先生就有如下四點的肯定：其一，這本小說承繼了台灣文學優良的現實主義傳統，特別注重農村和農民的生活。而她處理農民生活時，注重農民生活的日常性而不是誇張戲劇性的高潮。其二，這本長篇小說吸取了鄉土文學的各種寫實技巧，擺脫了鄉土文學社會性觀點的過度膨脹。因此，她的小說注重探討人性和人生的各種層面，經過美學的處理，簡潔有力。其三，她紮根於她底故鄉鹽分地帶舊北門郡的一塊土地，對於這塊土地上的住民和生活習俗有深刻的瞭解和觀點。其四，她把描寫的主要對象放在農村孤苦伶仃的一個女人身上，刻畫她哀樂的一生，自然而生動，由這女人的生活上連帶地凸顯出時代和社會變遷的歷史，眞實而有力。

●「背後的脚印」踏出了林仙龍的散文風範

林仙龍從民國五十四年一篇小說「老人、垃圾車、小孩」獲得教育廳文藝獎以來，在文學的天地已耕耘二十三年了，其間在高二那年主編「北中之聲」校刊，民國五十九年受聘爲「南縣青年」主編，民國六十年担任「復興崗寫作社」總幹事，民國六十五年主編「青草地」、「青春行」散文選集，民國六十七年主編「大海洋」詩刊，民國七十年受聘担任海軍忠義報「海洋詩刊」主編……這些編務工作，對從事文學工作者是一種挑戰，一種經驗，對他的寫作也有所助益。

林仙龍獲獎的作品，都有很高的評價，像長詩「陽光的禮讚」、「大時代的謳歌」、短詩「戰士之歌」、「大漢天聲」、「乘風破浪衝海疆」、「永遠的旗幟」、散文「足跡」、「鄉坦畫意」、「冬天的力量」……這些都展現他對國家、鄉土寬潤的情愛。

林仙龍雖從事文學創作有二十多年，但成書者不多。民國六十四年出版散文集「心境」（浩瀚出版社）、民國七十年出版童詩集「趕路的月亮」（華淋出版社）、民國七十六年出版散文集「背後的脚印」（希代出版社），其中以後者最受推崇與肯定。

「背後的脚印」，是一本踏實的散文集，共分三卷。卷一「大地耕耘」寫的是作者濃濃鄉情與親情，描寫家園舊事，表現對大地的關愛和人世的虔敬，字裏行間顯露出作者沉穩、誠懇、溫厚的個性。卷二「天籟心音」寫的是作者軍旅生涯中曾經走過的大地，其中對於海水和風濤有深切的感悟，表現豪勇的軍人本色與壯闊的胸襟。卷三「背後的脚印」寫的是那逝去的、漸行漸遠的脚步，是他沉思靜觀，體悟生命中物我和諧，積極達觀的生命哲學。

「背後的脚印」這本書的特色歸結有如下兩點：其一，它是一部陽剛與陰柔互融互化的散文集，從父親形象的塑造、舊日風土到千里行脚，作者秉持溫柔敦厚的情懷，詳實記載生命悲歡的歷程，並模山範水，以濃烈的田園情結，海上澎湃的浪濤，表現悲天憫人的襟懷與剛毅豪邁的特質，其眞摯虔敬態度與豐富內涵，能擴大創作領域而傳達人世眞情，能詮釋生命而激勵奮鬥心志。其二，本書意蘊深厚，眞情流露，在淡雅而曠遠的散文文體中適度滲透詩的修辭和思考，在輕盈而精緻的詩作中呈現散文的點描手法，兩者渾然天成，雅緻而富有韻味。

●攜手前行互放光芒

文學是一輩子的事，雖然寫作對周梅春與林仙龍夫婦而言，只是工作之餘的消遣，但他們皆認同，寫作能對社會關切，期盼他們攜手前行，互放光芒，能創造更多傑出的作品以饗讀者，我們在此期待著。

比翼雙飛

呂則之／沈靜

●**呂則之**，本名呂俊德，民國四十四年生，澎湖人。文化大學文藝組畢業，現任聯合報「萬象」版主編。曾獲海軍短篇小說銅像獎，著有長篇小說「海煙」、「荒地」、「雷雨」等。

●**沈靜**，本名周芬伶，民國四十四年生，台灣屏東人。東海大學中文研究所碩士，目前任教於東海大學。曾獲得聯合報徵文散文獎，著有散文集「絕美」。目前以周芬伶本名發表作品。

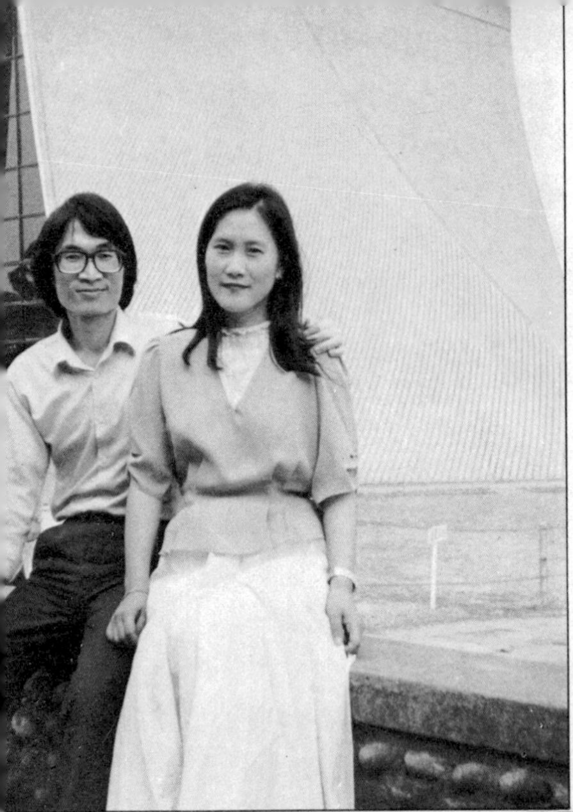

上：呂則之、沈靜攝於東海大學校園。
下：他們倆有相同的喜愛、相似的氣質。

下：全家福。

上：「書」是他們永遠的朋友。

另一個自己

■楊錦郁

十年前，他們就認識了，那時候，呂則之就讀於文化大學中文系，沈靜則是東海大學中文系的學生，除了共同擁有一個南北奔波的恩師趙滋蕃先生，算是同門弟子這一個事實外，兩人各自有不同的生活空間，根本沒有想到彼此的去來會交集在一起。

十年後，呂則之以「海煙」、「荒地」等二書連續入圍自立晚報百萬小說獎，他那獨樹一格、荒誕離奇的小說情節，在在引起了許審的爭議和讀者的矚目，年輕的小說家甫出擊就爲自己打了一場漂亮的勝仗。此時，柔美的沈靜也以氣勢恢宏的姿態在散文創作上頻頻擊出安打，並迅速在兩年內結集成「絕美」一書。

「絕美」一書在呂則之的內心引起强烈的震憾，他覺得作者委婉的傾訴和剖析，與他胸中的情感十分契合，便認定自己尋尋覓覓的伴侶合該就是這名女子。彼時正巧趙老師病危入院，他們爲了照顧恩師，經常不期然在病房相遇，老師走了，却在臨終前讓他們看清另一個複印了的自己；含蓄、內向、悲觀、寡言。

在不擅言辯下，他們開始用心談戀愛，由於沈靜在東海大學執教，所以只能靠魚雁往返來增進感情，當一切的發展都按部就班時，呂則之突然失踪了，一連三個月，音訊杳然，原以爲這一段感情就此無疾而終，那知他突然又現身，而且還附交了一部數月來的心血結晶—長篇小說「雷雨」，刹那之間，沈靜釋懷了，也更欣賞他對創作的執著，於是她以書或唱片來表達心中的感情，巧的是，經過她千挑萬選的禮物送到呂則之手上，才發覺他早就買了一份，原因是，他非常喜歡忍不住就買了，這種一而再再而三的巧合，經常爲穩定情感帶來高潮。

他倆都不習慣赤裸裸的剖白自己，記得在戀愛時的一個中秋節，沈靜在台中的電話號碼更改了號碼，呂則之一時連絡不上她，心急之下，連忙拍了一張電報給她，上面寫著：「昨夜我夢到一朵霓紅燈開的花」，這句莫名所以的話竟然在沈靜的心裏掀起漣漪，意會出他對自己濃馥的愛意，終於頷首和他共結連理。

●揭開人性眞面目

起初，呂則之寫詩，也寫短篇小說，沈靜則一直在小說上下功夫，後來，呂則之却以長篇小說一鳴驚人，沈靜也棄小說而就散文，成爲年輕一輩中受人注目的散文作者。對於這種轉變，他倆都各自經過一番心路歷程。

呂則之說寫詩要具備天份與才氣，自己在這方面的才華不夠才轉而寫小說，而從事短篇小說寫作雖然可以磨練技巧，但是影響力不夠，就好像拿著一把衝鋒槍一樣淋漓痛快，却不如扛著一具大砲那樣具有震憾力，於是，他便立定以長篇小說作爲自己創作的形式。

從呂則之第一篇發表的長篇小說「海煙」、到「荒地」、「雷雨」以來，讀者可以發現他的小說背景都是一個封閉世界，像澎湖孤島，他利用這個孤絕的世界來探求人類原始、潛意識的一面。

爲何一再選擇澎湖這個離島來做敍述背景？他說自己在這方面受到趙滋蕃老師的影響相當大，趙老師主張寫作就是用生活經驗去寫。這番話在呂則之下筆時，自然有很大的提示作用，他是土生土長的澎湖人，讀到了小學一、二年級時，澎湖還沒有電，一入夜四周一片漆黑，所聞只有海風呼呼作響，有時候在東北季風强勁的吹挾下，整座島就像迷航的孤帆，處處迷漫飄渺和不可知的未來，環境的孤絕和荒涼，深深影響他的性格，使他對人世間有一種慘澹的看法，更想揭開文明面具下人性的眞面目，於是，在他的筆下出現原始人性的所衍生出來的離奇荒誕的情節，他似乎有心將自己熟悉的一面重新現形於人前。

教授小說研究的沈靜，對於身邊人的作品自然有一番更精闢的看法，她說，呂則之的創作理念是由性惡出發，從表面上來看，他的文學似乎是光怪陸離，其實，他是運用神話和宗教在表現整個民族的理想，最後還是希望能闡揚樂觀完善的思想，至於他的寫作技巧或許尙需磨練，然而他的起步和方向都不錯，更重要的一點是他還年輕，有很多學習的機會，如果能將題材橫加拓展，相信會有更好的成績出來。

提及了自己，沈靜說，原先，她也曾朝小說的路上義無反顧走去，也許是由於自己對小說有較深入的研究，相對的，對於創作上的要求也更高，結果在求好心切下，反而不能盡情發揮，爲了抒解心理的壓力，她選擇以散文來做爲情感抒發的媒介，在輕鬆的心情下，反倒引起更大的共鳴與喝采。她說明自己創作的出發點正好和呂則之相反，她喜歡挖掘性善的一面，在呂則之的心中早就對她的作品下一個品評，那就是「美麗與哀愁，甜蜜與平淡」。

呂則之解釋美麗是指沈靜的文字，哀愁則是她從文章中流露出來的特質。很能引起讀者的心靈脈動。由於她下筆平實，文章自然就有些平淡，然而這股平淡經過再三回味，却會逐漸產生甜蜜的滋味。

●各有所司

夫妻倆具熱愛寫作，結婚之後却由於彼此的工作、職責不同，在寫作的條件上產生些許的差距。

呂則之說自己寫小說完全按計畫進行，首先先有一個意念，然後再和人物結合，有時却先有人物再產生意念，當心裏的概念成形時，便開始準備下筆。他寫作的方式是每天寫二千字，在下班後或上班前，儘量利用每一分鐘，同時在這段時間內完全不接電話，不參加應酬，過著與人羣隔絕的生活，當預定的時間到了後，小說也脫稿了。從第一部長篇小說「海煙」開始，他一直都採行這種寫作模式，倒未曾出現心力交瘁的現象。

而沈靜由於教書，需要很多的準備工作，再加上婚後，愛情的結晶很快降臨人間，讓她在身為人師、人妻之外，又要負起人母的重職。繁複的工作壓力讓她幾乎騰不出時間來寫作，為此，她常為了心中累積的素材無法發揮而感到焦急不已。

面對愛妻的焦慮，呂則之不是沒有感覺到，對沈靜的創作生涯，他一直都抱著鼓勵的態度，唯有希望在孩子一天一天長大之後，沈靜能匀出更多屬於自己的時間。

●文學的生活

沈靜說，他們夫妻日常過的是「間諜對間諜」的生活，呂則之說他們的生活就像在品味文學作品，每個動作都代表一個意象，原因是兩個人都不喜歡把心裡的感覺講出來，要讓對方去猜，猜對了，固然很高興，猜錯了，却可能造成更深的誤會，這時沈靜通常會再發出一些暗示，讓呂則之意會，好在他們個性接近，生活的基調也差不多，大半都能化險為夷。

兩個沈默的人共同生活在一起，想必一室經常是靜悄悄，沈靜說其實不然，因為他們常為了某些問題而大發言辭，縱然在無聲勝有聲時，也想來點憂鬱的俄國音樂，讓心靈能夠再度接受低調的洗禮。

他們都瞭解對方不夠開朗，生活的衝刺力不大，但是因爲這些共同的因子，反而使彼此緊緊的吸引住，沈潛於打啞謎的生活方式。

面對未來，他們有無窮的期待，呂則之很想在脫卸生活的壓力後，能攜手到人跡罕至的遠方去看看，吸取嶄新的生活經驗拓展自己的心靈，當然，這是一個隱藏在心中的夢想，眼前，他們所要做的還是努力的生活，充實心靈，體會生命的哲理。

●用人性作文章

在「絕美」一書中，沈靜娓娓敍述自己從童年到成長的經驗，「絕美」出版時正値她三十歲，爾後，她恢復本名周芬伶來創作，希望能夠開拓出另一季的豐收。當日子變得平淡而有規律，在寫作時是否會面臨到題材的瓶頸？沈靜以爲這一點對她並不會造成太大的困擾，在她認爲寫散文的靈感是來自於詩，還必須以審美的觀念來面對文字，讓想像力飛揚起來，如果眞能如此，到處便都是題材。

針對這點，呂則之也有同感，他說生活的體驗不一定要親自去品嚐，重要的是要懂得轉化，和自己的思想結合起來，並且儘量應用人性來做文章。

在面對寫作這個課題時，夫妻倆雖然有很多不謀而合的看法，但是在創作過程中，彼此却絕少互相干涉，沈靜說除非必要，她向來不發表對先生作品的看法，也很少修改他的稿子，主要是呂則之生性固執，對自己的滿意度還不低，至於自己的稿子由於具有女作家的特質，更不是呂則之宜於修改的了。

從戀愛到結婚，他一直在台北，她則在台中，空間的距離並沒有阻礙他們感情的契合，在雙向的支撐下，他們各在不同的領域裡耕耘，她教書，關懷周圍的大小事，他編報，探討孤絕世界中的人性。在文學的天地裡，他們各有自己執著的一方，而在婚姻生活中，他們在另一半的身上找到了熟悉的自己。

編後記

封德屏

「比翼雙飛」是「文訊」雜誌三十五期（七十七年四月）的專題企劃。製作這個專題的時候，我們請了七位文學工作者從事採訪工作。當然，文壇上同爲作家或從事文學工作的夫妻檔，並不只這些，但經過溝通、聯繫，順利完成採訪的共有二十三對。

儘管內容如何精采，在雜誌上，由於受到篇幅的限制，只能做到「言簡意賅」，非常可惜。於是，我們準備出版專書，讓這些採訪者，詳盡道出這二十三對夫妻的愛情、婚姻、寫作及生活。

因此，在「文訊」的專題稿寫完後，採訪者接著動筆寫更細緻、更深入的報導，爲了寫好這些稿子，他們甚至不只一次的拜訪對方，有些還幫我們拍了一些作家的近照。其中原先負責南部作家採訪的王玉佩小姐太忙，無法寫後續的長稿。於是台南的林剪雲、張白伶，高雄的蔡文章，屏東的曾寬諸位朋友，又紛紛接下了後續的工作，分別採訪了王家誠與趙雲、蕭郎與陳艷秋、林仙龍與周梅春，李春生與林玲四對夫婦。

爲了讓這些精心撰寫的文章更加生動，我們分別打電話向作家借照片，他們不厭其煩的挑選，細心的說明時間、地點，有時也在電話中回憶當時的情景，慨嘆歲月的飛逝。他們的眞誠與熱心，是這本書得以完成的最大助力。

這二十三對文學夫婦，從即將慶祝金婚（結婚五十周年）的何凡、林海音夫婦到結婚甫三年的呂則之、沈靜夫婦。每一對文學夫婦的愛情、婚姻都可以織成一本動人的長篇。除了一般世間夫妻的生活及相處，他們有共同喜愛的文學做心靈溝通的橋樑，互相鼓勵、鞭策，他們的生活理應比一般人來得充實愉快。

此書與文學趣味，同時經由這些篇章，我們可以看到隱藏在作家文學表現背後的一股動力，從這個角度來看，此書還有文學史料的功能，類似的資料如能多多建立，對於當代文學的研究，應有很大的助益。

文訊叢刊⑤

比翼雙飛 二十三對文學夫妻

編　　者／封德屏
封面設計／劉　開
內頁完稿／詹淑美

發 行 人／蔣　震
出 版 者／文訊雜誌社
社　　址／臺北市林森北路七號
電　　話／(02)3930278・3946103
編 輯 部／臺北市復興南路一段127號三樓
電　　話／(02)7711171・7412364

總 經 銷／聯經出版事業公司
地　　址／臺北縣汐止鎮大同路一段367號三樓
電　　話／(02)6422629代表號
印　　刷／裕臺公司中華印刷廠
臺北縣新店市大坪林寶強路六號

定價140元（如有缺頁、破損，請寄回本社調換）
郵撥帳號第12106756號文訊雜誌社

中華民國七十七年七月初版
行政院新聞局局版臺誌字第6584號